사실은
내가 가장 듣고 싶던 말

사실은
내가 가장 듣고 싶던 말

46만 명의 밤을

편안하게 해준

그 목소리

따 듯 한 목 소 리
현 준 에 세 이

yours

더퀘스트

contents

01
눈 감으면 지친 머리를 쓰다듬는 손길처럼

02
혼자가 싫어 빗방울이 두드리는 밤창문을 열고

눈 감으면 지친 머리를
쓰다듬는 손길처럼

chapter   01

아무런 의욕이 생기지 않는 날

그런 날이 있어요.
억지로 노력해도 아무런 의욕이 생기지 않는 날.

그런 날은, 내 마음이 지금
따뜻한 차 한잔 마시며 쉬고 싶다는 얘깁니다.

삶의 시곗바늘을 잠시 멈춰 세운다고 해서
우리 인생이 끝나는 건 아닙니다.

어느 날 갑자기 벽시계의 초침이 멈췄다고 해서
그 시계가 수명을 다한 건 아니잖아요?

다만, 배터리가 방전되었을 뿐이지요.

가끔 아무런 의욕이 생기지 않는 날엔
그저 다 쓴 배터리를 바꿔 끼우는 중이라고
자신을 다독여줬으면 좋겠어요.

당신이 사랑하는 사람들이 있고
당신을 사랑해주는 사람들이 있으니

당신을 위해 준비된 길이 있고
당신이 가고 싶은 길이 있으니

곧 다시 달릴 힘이 생길 겁니다.

그러니, 지금은 잠시
쉬어가도 괜찮습니다.

어두운 밤, 길을 잃은 당신에게

(

열대야가 기승을 부리던 여름밤, 새벽이 올 때까지 머릿속의 걱정을 놓지 못하던 날들이 있었습니다. 그런 밤을 보내고 아침을 맞으면, '오늘밤은 또 얼마나 잠이 안 올까?' 하는 생각에 겁부터 났습니다.

한번은 눈을 감고 자려고 노력하는 게 너무 힘들어서 운동화를 신고 밖으로 뛰쳐나온 적이 있습니다. 몸을 움직여 무작정 산책길로 향했죠. 자정이 약간 넘은 시간의 산책로는 처음이었는데요. 거기서 저는 신기한 것을 보았습니다. 밤이 깊은 시각임에도 불구하고 산책로를 걷는 사람들이 있었거든요.

그 광경을 보자 문득, '이 사람들도 저마다의 고민 때문에 이렇게 늦은 밤에 여기에 나와 걷고 있는 걸까?' 하는 생각이 들었습니다. 산책로를 걷는 사람들의 모습을 바라보면서, 혼자 묘한 동질감을 느꼈습니다. 그리고 그들을 따라 저도 산책로를 걸어보기로 했지요. 길에서는 밤의 냄새가 났습니다. 여름밤의 풀벌레 소리도 났죠. 자지 못하는 저를 위해 울어주는 것 같아서 눈시울이 붉어지기도 했습니다. 사실, 생각으로 가득 찬 저의 세상에서는 밤의 냄새라거나 풀벌레 소리 따위는 대우받지 못한 게 사실입니다. 하지만 그 순간, 잠 못 드는 밤에 무작정 뛰쳐나온 그날 밤의 그 냄새와 소리는, 저를 진심으로 위로해주기에 충분한 것이었습니다.

그날 이후로 틈틈이 근 일 년을 걸었습니다. 이제는 걱정으로 가득 차, 그래서 넘쳐버릴 밤이 찾아오기 전에 걸으며 먼저 생각을 덜어내곤 합니다. 그건 답답해서 뛰쳐나간 그 여름밤의 산책길에서 배운 교훈이겠지요.

길을 걸으면, 아픔으로 존재하던 고통과 잠들지 못하게 하던 무거운 고민들도 잠시 자신의 할 일을 멈춰줍니다. 기분이 좋아지는 거지요. 그렇게 한껏 좋은 감각을 느끼면서 걷다 보면요. 오늘은 어쩐지 편안하게 밤을 마주할 수 있을 것 같은 생각이 듭니다. 밤을 닮아가는 생각이 듭니다. 달이 은은하게 비추는 개울가를 바라보면서, '아…. 저 물결을 닮아가고 있구나.' 하는 생각이 듭니다.

이정하 시인의 〈낮은 곳으로〉라는 널리 알려진 시가 있습니다. 너를 위해 나를 비우고 낮은 곳에 있겠으니, 너는 물처럼 밀려와도 좋다고 고백하지요. 사랑하는 사람에게 조건 없는 사랑을 노래한 시지만, 저는 이 시를 빌려서 저의 불면의 밤에게 이야기해주고 싶습니다. 이제는 너를 온전히 받아들일 준비가 되었다고, 더 이상 하루를 전부 고민과 걱정으로 채우지 않는다고, 고즈넉한 밤을 걸으며 생각을 비우고 사는 법을 알게 되었다고 말이죠.

밤의 본질은 고요입니다. 요동치는 건 불안한 내 마음 뿐이지요. 모두가 잠든 밤에 그 결을 따라 밤을 고요로 맞이하기 위해서는 먼저 밤을 닮은 사람이 되어야 할 겁니다. 밤의 잔잔한 물결에 오롯이 잠길 수 있는 사람이 되어야 할 겁니다. 자연스레 아래로 흘러드는 물이 되어야 할 겁니다. 그래야 밤이 자리하는 낮은 곳으로 천천히 몸을 누일 수 있을 테니까요.

서점으로 간다

🌙

머리가 복잡한 날
서점으로 간다.

한껏 예민해진 내가
위로를 얻는 순간.

타인의 조언이라는 돌에
얻어맞지 않아도 되는 순간.

문득 정신을 차리면
내 손에는 책이 들려 있다.

새로운 문장과 눈을 맞추고 있으면

고민을 극복할 힘이 생긴다.

어떤 글은 아는 것의 반복이지만

그마저도 배울 게 있다.

어쩌면 지금 고민의 해답이

이미 내 안에 있을지 모른다는 희망이랄까.

그래서 난, 머리가 복잡한 날

서점으로 간다.

나만의 케렌시아

(

혹시 '케렌시아(Querencia)'라는 단어를 알고 계신가요?
'케렌시아'는 피난처, 안식처라는 뜻의 스페인어래요.
원래는 투우장에서 소가 마지막 결전을 앞두고 숨을 고
르는 장소를 의미하는데, 그게 '평온함을 주는 안식처'
를 말하는 단어가 되었다고 합니다. 저에게도 저만의
케렌시아가 있는데요. 그곳은 바로, 저 혼자 사는 작은
전셋집입니다. 독립하기 전까지는 조그만 자가용이 혼
자만의 유일한 안식처였는데, 독립한 후로 진정한 케렌
시아가 생긴 셈이죠.

아침 아홉 시부터 저녁 여섯 시까지 열심히 일을 하
고, 완전히 방전된 몸을 이끌고 집으로 돌아오면, 저는
제일 먼저 몸을 조이는 불편한 옷들을 벗어버려요. 그

리고 편안한 옷으로 갈아 입죠. 그리고 방바닥에 아무렇게나 누우면 그날 하루 저를 바짝 조이던 스트레스는 이미 어디론가 사라집니다. 마치 원래부터 이렇게 쌩쌩한 것 마냥 기분도 좋아지고, 몸도 가뿐해집니다. 모든 피로가 풀리는 것 같은 기분이 들어요. 저에게 집은 방전된 몸과 마음을 충전하는 곳입니다. 원할 때 언제든 내 안에 있는 보이지 않는 콘센트를 꽂을 수 있다는 것. 그건 참 근사한 일인 것 같습니다.

'싸움터에 나가기 전에 숨을 고르고 잠시 쉰다.'라는 측면으로 '케렌시아'를 이야기한다면, 산책도 저에게 빼놓을 수 없는 케렌시아입니다. 선선한 밤 공기를 마시며 혼자 걷는 그 시간은 오늘 치의 잡념은 내던지고 내일의 행복을 준비하는 시간이거든요. 잠 자는 법을 잃어버린 저를 잠들게 했던 특효약은 바로 이 혼자만의 산책입니다.

그렇게 마음 가는 대로 걷다 보면, 제 두 발이 저절로 향하는 곳이 있습니다. 정신을 차려보면 이미 도착해 있는 곳. 저에게는 참 소중한 것들이 많은 곳. 바로 서점입니다. 가벼운 걸음으로 서점 안으로 들어가서 마음에 드는 책 한 권을 고르고, 책장에 등을 살며시 기댑니다. 그러고는 아무 페이지나 펼쳐서 천천히 읽어 내려가죠. 그제야 서점 어딘가에서 흘러나오는 피아노 소리가 들리기 시작합니다. 그 피아노 소리를 듣고 있자면 머리를 쓰다듬는 듯한 부드러운 손길이 떠오릅니다.

그렇게 서점에서 여유를 부리는 순간만큼은 타인의 시선을 의식하지 않게 됩니다. 다른 사람들 역시 주변을 의식하지 않고, 저마다 자신만의 책을 찾기에 바쁘지요. 진정으로 타인의 시선에서 자유로워지는 순간입니다. 마치 휴가지에서 튜브에 몸을 싣고 유유자적하게 떠다니는 기분이랄까요? 책 속에 파묻혀서 안락감을 느끼는 동안 저는 저만의 케렌시아에서 휴가 중입니다.

여러분들도 자신만의 '케렌시아'가 있으신가요? '여기에만 있으면 마음이 정말 편해져. 이곳은 나를 위한 곳인 것 같아.' 하는 생각이 드는 곳 말이예요. 장소가 아니라 산책처럼 어떤 행동이라도 상관없습니다. 내게 편안함을, 그리고 자유로움을 주는 것이라면 그 무엇이든 좋으니 한번 떠올려보세요. 당장 떠오르지 않는다면, 펜을 들고 천천히 생각해보는 것도 좋을 것 같습니다. 그리고 그걸 빈 종이에 적어보는 거죠. 저도 언젠가 '편안함을 느끼는 순간들'에 대하여 진지하게 고민하고, 빈종이에 적어본 적이 있습니다. '에이, 귀찮게 무슨.' 하다가 펜을 들고 종이에 하나, 둘 끄적거리니까 자연스럽게 '어 진짜…. 내가 편안함을 느끼는 순간들이 언제였더라?' 하면서 진지하게 고민하게 되더라고요.

시간에 쫓겨 바쁘게 살다 보면, 마음이 원하는 것들은 자연스레 뒤로 밀리게 됩니다. 회식이니, 모임이니 하는 것들 때문에 나의 쉼은 항상 뒷전이 되고 말죠. 그러면서 우리는 늘 잠이 잘 안 온다고 불평하고, 쉬어도 피로가 좀처럼 가시지 않는다고 불평합니다. 하지만 마음은 항상 우리에게 조용하게 말하고 있습니다. 우리가 귀를 기울이지 않을 뿐이죠.

언젠가 괜스레 지친다는 생각이 들면, 꼭 한번 펜을 들고 '내가 편안함을 느끼는 순간'을 적어보시기 바랍니다. 어쩌면, 그 순간이 내 마음에 진정으로 귀를 대는 순간일지도 모르니까요.

따듯한 목소리

(

열감이 느껴지는 "따뜻함" 말고
포근함이 느껴지는 "따듯함"을
이야기하고 싶다.

매일밤 누군가에게
꼭 필요한 위로를
건네고 싶다.

나만의 꽃을 피울 수 있다면

☾

무더웠던 2021년 여름. 책을 반납하기 위해 전동킥보드를 타고 도서관으로 가던 길이었습니다. 횡단보도에 서서 청색 신호를 기다리고 있는데, 우연히 현수막에 걸린 광고 하나를 보았습니다. 거기에는 이렇게 쓰여있었습니다.

얘들아! 내 걱정은 하나도 할 필요 없다!

여느 평범한 요양원 광고 문구였습니다만, 그날따라 그 문구가 가슴속에 깊이 박혔습니다. 옆에서 보행 신호를 기다리는 아이와 그 아이의 어머니도, 무더운 날씨에도 불구하고 전동킥보드를 신나게 탈 수 있는 체력을 가진 저도, 언젠가는 누군가의 손에 의지하게 될 무기력한 순간이 오겠지 하는 생각이 들어서였던 것 같습니다.

책을 반납하고 집으로 돌아오는 길에도 아까 본 현수막의 내용이 머릿속을 어지럽혔습니다.

'나에게 주어진 오늘이라는 선물을 나는 너무나도 쉽게 쓰고 있는 건 아닐까?'

그날, 집으로 돌아가는 내내 지금까지 그래왔던 것처럼 세상과 타협하며 세상의 꽃을 열심히 피우며 살 것인지, 아니면 내 꽃을 피우려고 노력해볼 것인지에 관한 고민에서 헤어나올 수 없었습니다. 정체 모를 꽃을 들고 제 삶의 끝을 마주하고 싶지는 않습니다. 마지막 계절에 제가 들고 있는 꽃의 의미를 제가 모른다는 건 퍽 슬픈 일일 것 같거든요.

세상의 계절은 끊임없이 반복되지만, 우리 각자의 계절에는 끝이 있습니다. 고백하건대, 저는 오랫동안 꿈보다는 순간의 행복만을 추구하며 세상과 타협하며 살아왔습니다. '사는 것도 팍팍한데, 꿈은 무슨 꿈이야. 그런 건 팔자 좋은 사람이나 꾸는 거지.' 하면서 꿈 따위는 빛바랜 흑백 사진 취급이었죠.

꿈에 대해 고민하다 보니, 영화 〈세상에서 가장 빠른 인디언〉의 주인공 버트 먼로의 삶이 그려집니다. 먼로는 영화에서 속도제한이 없는 '스피드위크 레이스 대회'에서 자신이 개조한 오토바이로 최고 속도를 내는 꿈을 품습니다. 그는 나이가 들어도 꿈을 포기하지 않습니다. 결국, 69세의 나이로 지구 반 바퀴를 돌아 자신의 꿈을 이루게 되지요.

정신분석 전문의 김혜남 작가는 저서 《보이지 않는 것에 의미가 있다》에서 이 영화를 언급하며 이런 말을 합니다.

꿈을 꾸고 그것을 이루기 위한 행동을 병행하는 것은 사실 젊은 사람들에게 쉽지 않은 일이다. 작은 실패에 부딪혀도 금방 체념하고 포기하는 경험에 오히려 익숙해져 있기 때문이다.

이제 이룰 수 없는 것처럼 보이는 꿈을 꾸는 것은

낭만보다는 허황된 망상처럼 여겨지기도 한다. 하지만 마침내 그 꿈에 도달하는 순간은 무엇과도 맞바꿀 수 없는 희열을 가져다준다. 꿈을 이루는 5분을 위해 평생을 살아왔다 해도 아깝지 않은 기분, 그 기쁨을 누릴 기회를 삶은 공평하게 부여한다. 나이와 상관없이, 하고자 하는 자에게 기회가 있는 것이다.*

'꿈을 이루는 5분을 위해 살아왔다 해도 아깝지 않은 기분'이란 도대체 무엇일까요? 그리고 그 기쁨을 느끼는 행운을 어떻게 하면 얻을 수 있을까요?

한번은 친한 친구들에게 유튜브를 시작했다고 말한 적이 있습니다. 그 때, 한 친구가 저에게 이렇게 말했습니다.

"그런 걸 누가 듣겠어? 괜히 시간 낭비하지 말고, 자격증 공부나 하는게 좋을 것 같은데."

* 김혜남, 《보이지 않는 것에 의미가 있다》, 포르체, 2021, 136쪽

아마 그 친구는 제가 불확실한 일에 베팅을 하는 것보다 확실해 보이는 일에 매진했으면 하는 바람에 그런 말을 했을 겁니다. 물론 그 친구의 말처럼 시간 낭비일 수도 있습니다. 아무런 결과를 만들어내지 못할 수도 있죠. 그러나 세상에 확실한 일은 그 무엇도 없습니다. 우리가 지금 살아 있고, 언젠가 죽는다는 것만 빼면 말이지요.

김혜남 작가의 말처럼 '꿈을 이루는 5분을 위해 살아왔다 해도 아깝지 않을 기분'을 느낄 기회는 누구에게나 공평하게 주어집니다. 삶이라는 이름으로요.

생텍쥐페리는 《어린왕자》에서 "중요한 건 눈에 보이지 않아."라고 했습니다. 부단히 꿈을 좇는 일은 눈에 보이지는 않지만 중요한 일이 아닐까요? 어쩌면 아무 의미 없는 인생에 의미를 부여하는 일이자 '내가 되고 싶은 나'에게 가까이 다가가는 일이니까요.

내가 들 수 있는 가방의 무게

(

일 년 전쯤, 다니던 헬스장의 트레이너로부터 심리 상 담소를 추천받은 적이 있습니다. 언젠가 지나가는 말로 "밤에 잠이 잘 안 와요."라는 말을 그에게 했는데, 그 말을 기억하고 있다가 조심스레 제게 상담소 이야기를 꺼낸 거지요. 헬스장 근처 교회 건물에 상담소가 있는데 자신도 그곳을 몇 번 다니고 마음이 꽤 편안해졌다고 하면서 권유해주었습니다.

그의 말에 작은 용기가 생겨 상담소 앞까지 가게 되었지만, 막상 문 앞에 서자 갑자기 들어가기가 망설여졌습니다. 상담은 처음이었기에 조금은 부끄럽기도 했고, '과연 이게 내 상황에 도움이 될까?'라는 의문이 들었기 때문이지요. 그래도 '여기까지 왔는데, 이대로 그냥 되돌아가는 건 좀…' 하는 마음이 들어 용기 내어 상담소 문을 밀고 들어갔습니다.

그곳엔 밝은 표정의 안내 선생님이 계셨습니다. 어색하게 인사를 건네고 대기실에 앉아 간단한 설문지를 작성했습니다. 십 분 정도 기다렸을까요? 저는 바로 상담 선생님과 마주 앉을 수 있었습니다.

제가 만난 선생님은 나이가 쉰쯤 돼 보이는 여자분이셨습니다. 작은 방에서 책상 하나를 사이에 두고 선생님과 단둘이 앉아 있으니, 괜히 머쓱해졌습니다. 저는 왼손으로 애꿎은 머리카락만 연신 긁적였지요.

처음 만난 사람 사이에서 으레 흐르는 어색한 기류. 제가 가장 싫어하는 분위기였습니다. 그런 제 마음을 아는지 모르는지 상담 선생님은 제 얼굴은 보지도 않은 채, 제가 작성한 설문지에 무언가를 표시해가며 제게 이것저것 물어오셨습니다.

'역시…. 괜히 온 걸까?'

형식적인 질문에 형식적으로 대답하며, 저는 그런 생각을 했습니다. '아…. 이런 호구조사를 당하려고 온 게 아닌데, 앞으로 또 무슨 질문을 하시려나….' 이런 마음의 소리가 저를 괴롭혔습니다. 그렇게 '괜히 왔다.'라는 생각을 하고 있을 때, 고개를 숙이고 무언가를 열심히 적으시던 선생님이 갑자기 고개를 들고 제게 말했습니다.

"이제부터 우리가 나누는 대화는요. 저만 알고 있을 거예요. 녹음 같은 것은 하지 않아요. 그러니 걱정 말고, 긴장도 하지 말고, 마음 편하게 말씀하시면 돼요."

"아, 네. 사실, 제가 여기 온 이유는요. 뭐랄까…. 밤에 잠드는 게 조금 힘들어서요. 잘 시간만 되면 괜히 더 정신이 또렷해져요. 자주 그래요. 그러다 보니, 이제는 누워도 잠 못 들지도 모른다는 생각에 두려운 감정이 생겼달까요…."

"아…. 그러시군요. 평소에는 어떻게 지내시나요?"

"평일에는 직장에 가고요. 퇴근하면…. 책도 읽고, 틈틈이 헬스장도 가서 PT도 받고 있어요. 또 요즘은 유튜브도 시작해서 자주 녹음도 하고, 영상도 만들고 하면서 지내고 있어요. 유튜브를 시작한 지는 한… 일 년 정도 된 것 같습니다. 가끔 지칠 때도 있지만, 저를 응원해주시는 분들의 댓글을 보면 힘이 나요. 그래서 계속하게 되는 것 같아요. 아, 그리고 주식 투자도 조금 하고 있어요. 어렵지만 미래를 위해서 열심히 버티면서 투자하고 있지요."

"음…. 그렇군요. 근데, 너무 열심히 살고 계신데요? 밤마다 잠이 안 오는 게 어쩌면 너무 열심히 살아서 일지도 모르겠네요."

당황스러웠습니다. 가끔 '부단히 열심히 살고 있네.'라고 말해주는 사람은 있었으나, 제 노력이 특별하다고 말해주는 사람은 선생님이 처음이었거든요. 살면서 열심히 사는 것, 그 자체를 특별한 일이라고 여긴 적은 없었습니다. 희망찬 내일을 마주하고 싶은 사람이라면 누구나 노력하며 살 거라고 생각했기 때문이지요. 그런 이유로 '열심히 살아서 잠들기가 어려운 걸지도 모른다.'라는 선생님의 말에 동의할 수 없었습니다.

"선생님. 노력하면서 열심히 사는 건 그다지 특별한 건 아닌 것 같아요. 저도, 그리고 선생님도 우리 모두 열심히 살잖아요. 오늘보다 내일 더 행복해지기 위해서요. 그래서 지금 조금 힘들더라도 참고 열심히 살고 있는 거잖아요. 제 말이 틀렸나요?"

저는 가슴에서 우러나오는 생각을 선생님께 솔직하게 말했습니다.

"물론, 그 말도 맞아요. 그래도 저는 제 평온한 일상을 소모하면서까지 노력하며 살고 있진 않습니다. 당장 오늘밤 편안하게 잠들지 못하는데, 내일 행복하면 그게 무슨 소용이죠?"

"……"

"어깨에 진 가방의 무게를 눈을 감고 느껴보세요. 질 만한 무게인가요? 아니면 무겁게 느껴지시나요? 무겁 다면 편하게 들 수 있는 만큼의 짐만 남기고 다른 것 들은 과감히 내려놔도 괜찮아요. 제가 봤을 땐 그게 현 준 씨가 다시 예전처럼 편안하게 잠들 수 있는 방법이 에요."

일리 있는 말이긴 했지만, 그 말을 전부 납득할 수는 없었습니다.

"선생님이 하시는 말씀이 무슨 말인지는 이해하겠습 니다만, 저는 그럴 수가 없어요. 다른 사람들이 모두 뛰 고 있는데, 저만 멈춰 선다는 건 도무지 용납이 안 되 거든요. 저도 남들처럼 성공해서 행복해지고 싶으니 까요."

"음, 그래요? 지금까지 열심히 노력했잖아요. 근데, 행 복하세요?"

"……"

돌이켜보니 노력을 통해 큰 산을 넘으면 또 다른 큰 산이 내 앞에 놓여있을 때가 많았지, '어제 노력한 덕에 오늘 더 행복해졌어!'라고 느낀 순간은 드물었습니다. 아니 솔직히 없었습니다.

"지치면 조금 내려놔도 돼요."

"……"

그동안 '당신. 너무 열심히 살고 있어. 조금 쉬었다가 가도 돼.'라고 말해주는 사람은 없었습니다. 부모님조차 '세상은 원래 힘든 거야. 너만 힘든 게 아니야! 노력하고 버티는 방법밖에 없어. 너 정도면 행복한 거야. 힘들 때 일수록 최선을 다해야 해!'라고 말했지요.

선생님과 마주하고 있는 시간이 점점 길어질수록, 선생님의 말이 듣고 싶어졌습니다. 조금씩 저도 솔직한 마음을 털어놓게 되었지요. 경계심으로 똘똘 뭉쳐 있던 제 마음이 점점 말랑한 젤리로 변해가는 게 느껴졌습니다.

제가 이따금 속에 있는 얘기를 꺼낼 때마다 선생님은 "아이고. 힘들었겠어요." "왜 이렇게 힘들게 살고 있을까…" "저런…" "아무도 그 마음을 몰라줘서 속상했겠구나." "번아웃 증후군이라고 알아요?" 하며 제 마음을 보듬어 주셨습니다. 그럴수록 묵은 감정들이 조금씩 밖으로 토해지는 기분이 들었지요. 문득 정신을 차렸을 때, 저는 아주 오랫동안 알고 지낸 사람에게도 털어놓지 못한 속 얘기까지 선생님께 하고 있었습니다.

"제가 지금 잘살고 있는 건지 모르겠어요. 솔직히 미래를 준비하는 게 지치기도 하고요."

"언제 그런 느낌이 들었는데요?"

"한번은 이래저래 쓸 돈이 너무 없는 달이었어요. 갑

자기 '매달 부모님 용돈 드리는 일이 힘들다.'라는 생각이 머릿속에 들더라고요. 금방 고개를 세차게 저었지만, 그런 생각을 잠깐이라도 떠올린 제가 혐오스럽게 느껴졌어요."

"그랬군요."

"네. 남들은 '이번에 부모님 해외여행 보내드리네. 냉장고를 선물했네. TV를 선물했네.'라고들 하는데, 저라는 인간은 용돈 드리는 일조차 힘들다는 생각을 하는 거잖아요. 그때 제게 왜 그런 마음이 들었는지 잘 모르겠지만, 그냥 힘들다, 지친다, 이런 마음들 끝에 그런 생각까지 든 것 같아서 기분이 착잡하더라고요."

"누구나 지치면 그런 마음이 들어요. 말을 안 할 뿐이죠. 너무 자책하지 마세요. 절대 현준 씨가 이상한 사람이 아녜요. 자신을 조금 떨어져서 볼래요? 무거운 짐을 지고 힘겹게 걸어가는 한 사람이 보이지 않나요? 그의 짐을 좀 덜어주고 싶지 않나요? 그게 현준 씨라는 사실을 깨닫기만 하면 돼요. 스스로가 자신을 옥죄고 있다는 사실만 알아차려도 많이 나아지거든요."

"네. 고맙습니다."

"상담을 하면서 현준 씨와 비슷한 고민을 하는 사람들을 그동안 많이 봤어요. 결국 자기 자신을 아는 것 부터예요. 거기서부터 시작하면 돼요. 다시 일어설 수 있어요."

마지막 말을 하는 선생님의 얼굴은 모든 걸 이해한다는 표정이었습니다. 그 순간, 상담 선생님은 '완전한 내편'이었지요. 마음속에 담아둔 이야기들까지 쏟아내고 나니 처음에 '언제 끝나려나…' 했던 두 시간은 이미 쏜살같이 흘러가 있었습니다.

그날, 저는 제가 진 가방의 짐을 크게 덜어내는 기분을 느꼈습니다. 상담 선생님의 말대로 내가 들 수 있는 가방의 무게를 아는 것. 그게 편안한 밤을 향한 출발점이 아닐까 하는 생각이 듭니다.

교감(交感)

새벽에 기대어 쉴 수 있을까?
그러나 새벽은 벽(壁)이 아니다

슬픈 잠이라도 찾고 싶어
작은 목소리로 손 내밀어 본다

그러나 닿는 이 없어 부끄러워진 목소리는
기댈 곳 없는 세상이 원망스럽다

울지 마라 울지 마
마침내 닿은 누군가의 등이 말한다

보이지 않는 내가
볼 수 없는 너를 느낀다

보이지 않는 네가
볼 수 없는 나를 느낀다

우리는 서로를 느끼며
곤히 잠에 든다

잠시 멈추어 서야 할 때

ﾟ

"어!? 형 A대학 나왔어?"

회식에서 술을 잔뜩 마시고 회사 동료인 친한 형 집에서 아침을 맞이했을 때의 일입니다. 술이 덜 깬 얼굴로 주위를 둘러보다가 우연히 형이 A대학 법학과 출신임을 알았습니다. A대학은 우리나라에서 다섯 손가락 안에 드는 명문대였죠. 더구나 법학과라니…, '이런 형이 우리 회사에 다닌다니! 정말 멋지다!'라는 생각이 들었습니다.

그래서 저는 조심스레 형에게 물었습니다. "근데 형은 왜 법 쪽으로 안 가고 우리 회사에 취직한 거야?" 저의 짓궂은 질문에 그는 편안한 미소를 지으며 이야기했습니다.

"아~ 난 지금 회사가 적성에 잘 맞고 좋아."

그리고 그는 말했습니다. 고등학교를 졸업할 때까지 주변을 실망시키고 싶지 않아서 누구보다 더 열심히 공부했다고. 지치고 힘들었지만 부모님과 주위 사람들의 기대 때문에 자신을 채찍질했다고 말이죠.

'대학만 들어가면, 정말 대학만 들어가면 이 고통은 끝난다. 대학만 들어가면….'

형은 그 생각만으로 고등학교 3년을 버티고 또 버티며 공부했다고 했습니다. '대학만 들어가면 나는 자유로워지리라.' 하는 꿈으로요. 무던한 노력 끝에 형은 주위 사람들의 바람대로 목표했던 대학에 입학할 수 있었습니다. 하지만 마라톤의 종착점이라 생각했던 그곳은 또다른 출발선이었습니다. 그것도 고등학교라는 예선을 뚫고 올라온 쟁쟁한 실력의 경쟁자들로 가득한 본선 출발선이었죠.

　대학이 끝이 아니라 새로운 출발선이라는 사실을 인지한 형은 더 이상 공부를 지속할 엄두가 나지 않았다고 했습니다. 그렇게 막연하게 꽃길이 펼쳐질 줄 알았던 대학생활의 환상은 산산이 부서지고 말았습니다. 대신 그간의 노력에 대한 보상 심리로 친구들과 함께 매일 술을 마시며 시간을 보냈다고 합니다. 그렇게 대학교 1, 2학년 생활을 친구들과 술로 보내고 도망치듯 군에 입대했지요. 시간이 지나 제대를 하고 떠밀리듯 준비한 사법시험에서도 번번이 탈락의 고배를 마셔야만 했습니다.

　세 번째 시험에서 떨어진 날, 형은 좁디좁은 고시원 침대에 누워 천장을 바라보며 자신에게 물었다고 했습니다.

　'나라는 인간은 도대체 무엇을 위해 사는 걸까?'

형은 그날, 자신이 지금껏 자신을 위해서가 아니라 다른 사람들의 기대에 부응하기 위해서 살아왔음을 인정했다고 말했습니다. 지금까지 해온 공부는 결코 그가 원해서 해온 게 아니었습니다. 단지 어릴 적부터 들어온 '공부 잘하는 아이'라는 타이틀을 잃고 싶지 않아서, 주위 사람들을 실망시키고 싶지 않아서 고통스러운 마음을 억누르며 부단히 노력해온 거라고 그는 말했습니다. 형은 눈물로써 '남을 위해 살아왔던 나를 솔직히 내려놓을 수 있었다.'라고 했습니다. 이제부터라도 남들의 기대에 맞춰 살지 않겠다고. 내가 가고 싶은 길을 걷겠다고 자신에게 약속했다고 말했죠. 모든 말을 마친 그의 얼굴은 세상 누구보다 행복해 보였습니다.

형의 이야기를 듣고 집에 돌아오는 길에 '어떻게 사는 삶이 행복한 삶일까?'에 대해 골똘히 생각해보았습니다. 그러다가 '삶에 대한 진지한 고민은 언제라도 늦지 않은 것 같다.'라는 생각이 들었습니다. 형이 과감히 사법시험을 포기하고 자신이 하고 싶은 일을 찾아 이 회사로 온 것처럼 말이죠. 형의 말처럼 행복해질 수 있는 길을 찾을 수만 있다면, 그 순간이 아무리 늦더라도 그 순간은 '진짜 나'로 살아가는 '진정한 출발점'이 될 겁니다.

옷을 살 때 단지 예쁘다는 이유로 몸에 맞지도 않는 옷을 사는 사람은 없습니다. 맞지 않는 옷을 입는다는 건 누가 뭐래도 참 불편한 일일 테니까요. 실수로 맞지 않는 옷을 사게 되면 곧 교환하거나 환불할 생각을 할 겁니다. 인생도 비슷한 것 같습니다. 부모님이나 주위의 바람대로 사는 것은 '내게 맞는 옷'이 아닙니다. '내게 맞는 옷'은 내가 입었을 때 편안한 옷입니다. 나에게 맞는 옷이 옷 가게 어딘가에 분명히 있는 것처럼, '나에게 맞는 삶'도 세상 어딘가에 분명히 있을 겁니다.

문득 삶이 버겁게 느껴진다면 잠시 걸음을 멈추고 내 마음에 귀를 기울여 보세요. 멈추는 것을 두려워하지 마세요. 잠시 멈춘다고 삶이 끝나는 건 아닙니다. 오늘은 오늘의 태양이, 내일은 내일의 태양이 뜨기에, 결코 늦은 날이란 없으니까요. 다른 사람들을 기준으로 삼는다면 조금 늦은 것처럼 보일지도 모릅니다. 하지만 괜찮습니다. '나에게 맞는 편안한 옷'을 입고 남은 인생을 살 수 있다면, 그것 자체로 행복한 일일 테니까요.

우울과 밤

우울은 밤을 닮았습니다
어느새 나를 감싸는 모습이요

아침의 햇살은 창문을
어김없이 두드리겠지만

기나긴 새벽을 한숨으로
물들인 사람의 몫은 아닐 겁니다

살다가 우울의 감정이 찾아오면
방에 틀어박혀 고민하기보다는

'평소보다 조금 어두운 밤이 왔구나' 하고
주어진 하루를 부지런히 살아보는 건 어떨까요?

떠나는 모습까지도
밤을 닮은 것이 우울이니까요

계속 걷게 하는 것들

ﾑ

유튜브로부터 갑자기 '한 달간 수익을 정지하겠다'라는 통보를 받았습니다. 이 년 넘게 큰 탈 없이 잘 운영해오던 터라 그 문구를 보는 순간, 마치 사랑하는 연인에게 이별을 통보받기라도 한 것처럼 심장이 덜컥 내려앉았습니다.

놀란 가슴을 추스르고 정지 사유를 찬찬히 살펴보았습니다. 거기에는 '재사용된 콘텐츠'라고 쓰여 있었습니다. 이해할 수 없었습니다. 다른 사람이 만든 영상을 가져다 쓴 적도 없고, 무단으로 짜깁기해서 영상을 제작한 적도 없었으니까요. 한 가지 의심되는 건 '저작권 문제' 뿐이었는데, 그 문제에 관해선 출판사로부터 매번 사전에 허가를 받고 이용하고 있었습니다. 긴장되는 마음으로 유튜브 관련 커뮤니티를 뒤졌습니다. 그러다가 한 문장을 보고, 제 채널의 수익이 정지된 이유를 추측해볼 수 있었습니다.

"자기 영상을 자르거나 합쳐서 똑같이 다시 올려도 '재사용된 컨텐츠'에 걸릴 수 있다."

아차 싶었습니다. 가끔 기존에 올렸던 영상을 재활용하여 오프닝 멘트 모음집과 동화 모음집을 만들기도 했었거든요. 아무래도 그 영상들이 문제가 된 것 같았습니다.

우습게도 그날 밤부터 잠이 오지 않았습니다. 가슴은 돌덩이를 올려놓은 것처럼 갑갑했습니다. 앞으로 채널에 영상은 계속 올릴 수 있었지만, 수익은 낼 수 없었습니다. 그리고 수익 창출 재신청을 하려면 30일을 꼬박 기다려야 했지요. 운이 나쁘면 한 달 후에도 허가가 안 날 수 있었습니다. 그러면 또 한 달을 기다려야 했고요. 부정적인 생각이 꼬리에 꼬리를 물고 이어져서였을까요? 문득 예전의 제 모습이 떠올랐습니다.

저는 불면증이 있었습니다. 이런저런 안 좋은 일들이 한꺼번에 겹쳐 큰 스트레스를 받은 이후로 불규칙한 생활이 이어졌습니다. 그런 생활이 또 다른 스트레스 요인이 되어 만성적인 불면의 밤을 만든 거지요. 회사에서는 종일 넋이 나간 사람처럼 일했고, 퇴근해서 집으로 돌아가면 피곤한데도 불구하고 잠은 오지 않았습니다.

그렇게 잠이 버거운 밤이면 유튜브에서 '잠이 오는 소리' 같은 것들을 들으며 잠을 청하곤 했습니다. 거기에서 우연히 본 댓글에는 저와 비슷한 처지로 잠 못 드는 사람들이 많았습니다. 지금 이 상황이 괴롭고, 힘들고, 지쳐서 잠을 이루지 못하는 사람들이 많았습니다. 문득 저도 그들에게, 작은 위로를 주고 싶다는 생각이 들었습니다. 그리하여 저도 위로를 받고 싶다는 생각이 들었습니다.

그렇게 시작한 유튜브입니다. 채널이 조금씩 성장하기 시작했습니다. 행복했습니다. 그러나 부담감 때문인지 금세 체력이 달리는 게 느껴졌습니다. 원체 불면증 때문에 무기력한 상태였고, 무엇보다 회사를 다니면서

짬을 내 일주일에 두 번 영상을 올리는 게 생각보다 쉽지 않았습니다. 하지만 '오랜만에 좋아하는 게 생겨서 시작한 일인데, 체력 때문에 그만두게 되면 많이 아쉬울 것 같다.'라는 생각이 저를 붙들었습니다. 그 생각은 '일주일에 두 번은 거뜬히 녹음할 수 있는 체력을 길러야겠다.'라는 생각으로 옮아가기 충분한 것이었죠.

그날 이후, 매일 한 시간씩 산책길을 걷기 시작했습니다. 내친김에 매일 아침 스트레칭과 할 수 있는 만큼의 근력 운동도 시작했지요. 그렇게 일 년이라는 시간이 지나갔습니다. 어느새 저는 꾸준히 하루에 만 보를 걷고, 아침에 일어나 팔굽혀 펴기 50회를 하고, 스쿼트 100회를 하고, 복근 운동 30회를 꾸준히 하는, 나름대로 부지런한 사람이 되어 있었습니다. '스스로가 봐도 꽤 괜찮은' 저였지요. 일주일에 두 번 유튜브 영상을 찍어 올리는 일은 제게 더 이상 힘에 부치는 일이 아니었습니다. 그렇게 불면증이란 단어는 제 기억 속에서 완전히 사라진 듯했습니다.

한데, 모든 영상에 대한 '수익 정지 통보'를 받은 지금, 문득 잠에 못 들고 있다는 사실을 깨닫습니다. 내가 봐도 꽤 괜찮았던 나는 어디로 갔을까요? 쓴웃음이 지어집니다. 불과 며칠 전까지만 해도 불면증을 이겨냈다고 생각했었는데, 유튜브 수익 하나 정지되었다고 세상 다 산 사람처럼 우울해하고 있는 제가 우스꽝스럽게 느껴집니다.

가끔 친구들이 유튜브 수익에 관해 물어올 때마다, 책은 왜 선물로 받지 않느냐고 물어올 때마다, 이렇게 대답하곤 했습니다. "아, 돈에 크게 관심 없어." "돈이야 적당히 벌면 되지." "누군가의 밤을 위로해 줄 수 있는 사람이 된 것만으로도 충분해."라고요.

"돈에 관심 없다고 말하는 놈이, 그게 진짜 돈에 환장한 놈이래."

한 친구가 했던 말이 떠오릅니다. 저와는 상관없는 이야기라고 생각했습니다. 하지만 수익 창출이 정지되었다고 늦은 밤 천장을 바라보며 우울해하고 있는 저를 보니, 그가 말한 '돈에 환장한 놈이 바로 나였구나.' 하는 생각을 하게 됩니다. '남들처럼 돈 많이 벌고 싶고, 여유롭게 살고 싶은 마음을 갖고 있으면서도, 아닌 척, 고상한 척했던 놈이 나였구나.' 하는 생각을 하게 됩니다.

그런 한편, 그동안 유튜브에서 만든 행복한 추억도, 늦은 밤, 길을 잃고 헤매는 저를 찾아옵니다. 그런 기억을 떠올리면 어느새 우울은 사라지고 입가에는 미소가 걸립니다. 처음 유튜브 채널에 영상을 올렸을 때의 두근거림. 조회 수가 1씩 오를 때마다 가슴 설레던 기억. '목소리가 참 좋으시네요.'라는 댓글을 받고 종일 들떠 있던 기억. 실버버튼을 신청해놓고 며칠 동안 설레서 잠 못 들던 기억. 입병이 나거나 감기에 걸렸을 때, 구독자님들이 주셨던 애정 어린 위로와 관심. 감사하고 뭉클한 추억들이 늦은 밤, 저를 찾아왔다가 떠나갑니다. 하나하나 소중하고 절대 버릴 수 없는 기억들이지요. 그 기억들은 '내가 있잖아. 울지 마. 괜찮아. 오늘밤도 잘 잘 수 있을 거야.'라며 토닥이며 저를 안아주고 떠납니다.

생각해보면, 많은 날들을 이미 벌어진 일을 붙잡으며 살아온 것 같습니다. 안 좋은 일이 생기면 '어떻게 해야 할까?'보다 '왜 이런 일이 내게 닥쳤는가?'를 골몰하느라 많은 밤을 낭비했던 것 같습니다. 언제나 녹록지 않은 지금의 상황을 한탄하면서, 오늘밤에서 내일 아침 그리고 내일 밤으로 이어지는 빈 종이에, 이미 벌어진 일들을 빽빽하게 채워 넣기 바빴습니다.

임세원 정신의학과 교수는 저서 《죽고 싶은 사람은 없다》에서 이런 말을 했습니다.

> '왜'가 아니라 '어떻게'에 집중하자. (…) 그래야만 아무리 힘들어도 우울감에 빠져 나 자신을 잃어 가지 않는다. 계속해서 방법을 찾아 나가는 것 그것이 곧 자기를 지키는 일이다.*

분명, 앞으로도 확실치 않은 미래는 자주 우리의 숨길을 짓누를 테지만, 거기에 장단을 맞춰 줄 것인가, 말 것인가는 우리 자신의 몫이 아닐까 합니다. 시련이 우리의 숨통을 조여올 때마다 언제나 '왜?'를 외치며 살아갈

* 임세원, 《죽고 싶은 사람은 없다》, RHK, 2021, 93~94쪽

것이 아니라, 임세원 교수의 말처럼 '앞으로 어떻게 할 것인가?'에 초점을 맞추며 살아야 할 것 같습니다. 결국, 사과 한 개를 두 개로 만드는 건, '왜 사과가 한 개뿐이지?'가 아니라, '어떻게 한 개를 더 구할 수 있지?'일 테니까요.

조금씩 지워야 할 영상은 지우며 채널을 재정비할 생각입니다. 수익이 나지 않더라도 언제나처럼 꾸준히 독서를 하고 유튜브에 영상을 올릴 생각입니다. 언제나처럼 산책을 하고, 기본적인 근력 운동을 할 생각입니다. 그리고 앞으로 '어떻게' 재미있게 일을 하고, '어떻게' 재미있게 유튜브 채널을 운영하고, '어떻게' 재미있게 인생을 꾸려 갈지, 천천히 한번 고민해볼 생각입니다.

다소 느린, 밤 열한 시

☾

행복하게도 제 밤의 시간은 느리게 흐릅니다. 은은한 조명이 비치는 침대에 누워 어제 읽다 만 소설을 펼치면 저절로 그렇게 됩니다. 수면 클리닉에서는 잠자는 공간과 생활하는 공간을 확실히 분리하라고 했지만, 이것만큼은 절대 포기할 수 없습니다. 나른한 기분으로 이불 속에서 책을 펼쳐야만 제대로 쉬는 듯한 기분이 드니까요. 밤의 조명으로 물든 침실은 '평화로움' 그 자체입니다.

그런 순간이면, 부드럽게 머릿속에 떠오르는 단어가 하나 있습니다. 소확행(小確幸). 이 말은 무라카미 하루키가 자신의 저서 《랑겔한스섬의 오후》에서 처음 쓴 단어입니다. 그는 갓 구운 빵을 손으로 찢어 먹을 때, 서랍 안에 반듯하게 정리되어 있는 속옷을 볼 때 소확행을 느낀다고 말했습니다. '소소하지만 확실한 행복.' 저에게는 그가 말한 소확행이 '따뜻함으로 물든 이불 속에서 책을 읽는 순간'인 것 같습니다.

하지만 이 '소확행'은 마음이 조급한 사람 곁에는 머물지 않습니다. 저는 언젠가 순전히 개인적인 욕심 때문에 고위험 상품에 무리하게 투자를 한 경험이 있습니다. 빨리 큰돈을 벌어 행복해지고 싶은 욕심은 사람의 마음을 조급하게 만듭니다. 다들 돈을 버는 것 같아서 따라 하는 주식이나 비트코인 투자가 딱 그렇죠. 처음에는 의미 있는 결과를 만들어내기도 하지만, 보통은 그것이 사람들에게 으레 한 번씩 찾아오는 초심자의 행운임을 알아차리지 못하는 경우가 많습니다. 그래서 기대하지 않은 수익이 나면 '아! 난 투자에 소질이 좀 있나 본데?' 하며 더 큰 돈을 가져옵니다. 빠른 수익이 주는 쾌감에 어쩔 줄을 몰라 하죠. 조금씩 쾌감에 중독되어 조급해집니다. 제 투자의 처음이 바로 그랬습니다. 처음엔 좀 버는 듯싶더니, 곧 큰 손실을 보게 되었습니다. 그 다음은 '본전은 찾아야지.' 하는 마음이었고요. 지치는 하루하루의 연속이었습니다.

　어느 날 아침, 문득 마주한 거울 앞에는 더 이상 맑은 청년의 얼굴은 없었습니다. 잠들지 못해 퀭한 아저씨의 얼굴만 자리하고 있을 뿐이었죠. 다크서클은 길게 내려와 있었고, 잠들지 못한 얼굴은 거칠고 푸석푸석했습니다. 노곤하게 졸려오는 기분이 어떤 기분이었는지 더 이상 기억이 나지 않았습니다. 가끔은 보람찬 감정을 느끼며 하루를 마감하기도 했었는데, 그런 느낌을 가져본 게 언제였는지도 기억나지 않았습니다. 컴퓨터 키보드 옆에는 소주병과 다 먹은 과자 봉지들이 어지럽게 놓여 있었습니다.

　'어쩌다 여기까지 왔을까…'

　거울 속 초췌한 아저씨의 모습을 보니, 슬퍼졌습니다. 예전의 소소한 행복들이 떠올랐습니다. 욕망으로 조급해지기 전까지 누구보다 안온하게 살아왔습니다. 고됐지만 회사 일에서 보람을 느꼈고, 여가시간에는 동기들을 만나 웃고 떠들며 놀기도 했습니다. 행복한 순간들은 여전히 휴대폰 사진첩에 저장되어 있었지만, 이제는 다른 사람 이야기 같았습니다. 후회의 눈물이 났습니다. 부자가 되고 싶은 조급함에서 다시 본전을 찾고 싶은 조급함으로 옮겨 갔지만, 본질은 같았습니다. 본질은 '돈에 대한 욕망'이었습니다. 돈만 벌면, 본전만 찾으면, 그것이 저를 행복하게 만들어줄 것 같아서 여기까지 온 겁니다. 그것 때문에 내 몸과 마음이 견뎌주길 바라며, 고통 속에서 몸부림치는 제 자신의 목소리를 들어도 모른 체하며 여기까지 온 겁니다.

'미안해. 내가 원래대로 돌려놓을게.'

저에게 눈물로 사과했습니다. 돈에 대한 욕망으로 제 자신을 절벽까지 몰아붙인 저에게 용서를 빌었습니다. 그날부터, 천천히 스스로를 다시 예전으로 돌려놓기로 굳게 마음먹었습니다. '조금씩 조금씩 나를 조급하고 불안하게 만드는 것으로부터 멀어지자.'라고 다짐했습니다.

우선 가지고 있는 고위험 자산을 저위험 자산으로 전부 바꾸었습니다. 핸드폰에서는 주식과 비트코인 관련 어플들을 전부 지웠습니다. 그리고 그것들이 버릇처럼 떠오를 때마다 무작정 길을 걸었습니다. 걷고 또 걸었습니다. 여전히 밤에는 졸리지 않았지만, 책을 읽었습니다. 무작정 읽었습니다.

주식 중독으로 전 재산을 몽땅 날린 경험이 있는 '정신과 전문의' 박종석 작가도 저서 《살려주식시오》에서 이렇게 고백했습니다. "나는 거의 전 재산을 날리고 병원 일, 상담은 뒷전이었다. 나는 주식에 빠진 의사. 우울증에 걸린 의사로 병원에서도 유명했고 동료들에게도 믿음을 주지 못했다. 결국 나는 이사장으로부터 해고 통지를 받았다."[*] 그의 이야기를 들으니, 제 이야기처럼 공감이 되었습니다. 당시, 작가분도 아마 큰 투자 실패로 원금을 다시 복구해야 한다는 조급함을 느꼈을 겁니다. 그 때문에 병원 일, 환자 상담 같은 일상을 완전히 잃게 된 거겠죠. 그 글을 읽고 '마음에 대해 누구보다 잘

[*] 박종석, 《살려주식시오》, 위즈덤하우스, 2021, 22~23쪽

알고 있는 정신과 전문의조차 초대하지 않은 조급함이 삶에 침입하면, 일상의 행복은 순식간에 자취를 감춰버리는구나.' 하는 생각이 들었습니다.

잠이 안 오면 책을 읽고, 산책길을 걸으며 몇 달을 보냈습니다. 긴 고통의 시간을 관통해 저는 다시 노곤함이 밀려오는 밤을 보내고 있습니다. 기쁘게도 다시 밤이 되면 졸려옵니다. 다시 사랑하는 노란 조명의 따뜻함을 느끼고 웃을 수 있습니다. 밤 열한 시의 여유로움도 느낍니다. 작고 안온한 행복의 시간을 보내고 있습니다.

하지만 지금도 가끔씩 마음속에서 허황된 욕망의 싹이 피어납니다. 그때마다 저는 저에게 타이르듯 이야기합니다. '네가 그 욕망의 싹을 키우는 순간, 지금 느끼는 소소한 행복은 내려놔야 한다.'라고 말이죠. 이내 지그시 그 싹을 밟고, 가던 길을 계속 걸어갑니다. 느리게 하루를 마무리하는, 일상의 소소한 행복을 또다시 잃고 싶지 않기 때문에, 이른 밤 산책길을 걸으며 하늘의 달을 보고 잠깐 웃는 기쁨을 잃고 싶지 않기 때문에, 좋아하는 노랠 들으며 우스운 생각에 빠지는 소소한 행복을 잃고 싶지 않기 때문에 저는 계속 걷습니다.

과도한 투자, 무리한 투자로 불안한 밤을 보내고 있는 사람에게 저는 이런 말을 해주고 싶습니다. 빨리 돈을 벌어서 행복해질 수 있다면 정말 좋겠지만, 그것은 많은 스트레스와 정신 에너지를 요구하는 일이라고. 유능한 정신과 의사도 돈을 벌기도 전에 쓰러져버릴 뻔했다고. 그리고 혹여나 운이 좋아 큰돈을 벌게 된다고 해도 늦은 밤 제대로 잠을 이룰 수 없다면, 스트레스로 몸이 안 좋아졌다면 그건 결코 좋은 일이 아니라고. 정말 투자가 하고 싶다면, 제대로 배워서, 어느 정도 확신이 생겼을 때, 조급해지지 않는 정도만 했으면 좋겠다고. 그것이 몸을 지키고, 마음을 지키는 일이라고 말해주고 싶습니다.

'행복한 생활은 마음의 평화에서 시작된다.'라는 고대 로마 철학자 키케로의 말처럼, 행복은 '다소 느린 종류의 어떤 것'이 아닌가 합니다. 마음이 나도 모르게 '조급해지는 것'을 경계하고, 주체적으로 여유로운 삶을 추구할 때 행복은 살며시 곁을 내줄 겁니다. 짧지 않은 불면의 시간은 저에게 알려주었습니다. 내 마음이 갈망하는 것을 빨리 채우려고 하면, 조급함이 나타나 작고 연약한 일상의 행복을 밖으로 밀어낸다는 사실을요. 부디 당신은 마음의 평화라는 행복을 고통 없이 오래도록 누렸으면 좋겠습니다.

우주

(

공기가 부드러운 봄밤에는

눈을 감고

밤공기 한가운데 누워

깊은 밤하늘에 빠져보고 싶다

베개 유목민

(

반년 전까지 저는 '베개 유목민'이었습니다. 배게 유목
민이라 함은 하나의 베개에 정착하지 못하고 세상 어
딘가에 나를 숙면으로 이끌어줄 베개가 있다고 믿으며,
무자비하게 베개를 사재끼는 종족을 말하지요.

제가 처음 관심을 가졌던 베개는 머리 부분보다 목
부분이 조금 더 높은 경추 베개였습니다. 꽤 비싼 금액
이었지만 '정말 잠이 잘 올까?' 하는 기대감에 큰돈을 지
불하고 구매하게 되었습니다. 그러나 기대와는 달리 제
겐 큰 효과가 없더라고요. 이후 기절 베개, 우유 베개, 꿀
잠 베개 하는 것들을 모조리 사서 베고 자봤지만 마찬
가지였습니다. 괜히 의식이 돼 잠자리만 더 민감해졌습
니다.

그렇게도 베개에 집착했던 이유는 역시 잠들지 못하는 괴로움 때문이었습니다. 그 고통은 겪어보지 않은 사람들은 잘 모릅니다. 잠들고 싶은 생각으로 새벽을 만나는 날이면, 과장 조금 보태서 '누군가 뒤통수 한 대 시원하게 때려줬으면…' 하는 심정이 되거든요. 그 정도로 잠이 절실해지지요.

잠이 스트레스가 되니, 자연스레 잠 못 드는 원인을 찾기 위해 여러 병원을 전전했습니다. '몸에 큰 병이 있어서 잠을 못 자는 건가?' 하는 두려움 때문이었지요. 큰 병원에서 건강검진도 받아보고, 수면 전문병원에서 수면다원검사도 받아봤지만 저를 잠 못 들게 할 만한 특별한 병은 발견할 수 없었습니다.

어느 늦은 밤, 퀭한 눈으로 책상 앞에 앉아서 수면 관련 서적들을 뒤적이며 고민했습니다.
'도대체 무엇이 문제일까…. 스트레스 때문일까? 침대 매트리스가 나와 맞지 않는 걸까? 아니면 정말 베개 때문인 걸까?'

그런 고민을 하면서 책을 읽는데 문득, 군 생활에서의 밤이 떠올랐습니다. 그 이 년 동안은 정말이지 베개에 머리만 대면 그대로 잠에 빠지곤 했습니다. 그때는 정말 잠드는 것에 대한 걱정은 단 일 퍼센트도 하지 않았지요. 기억이 그 시절에 가닿자 머리 위로 물음표 하나가 떠올랐습니다.

'그때는 어떻게 그리도 쉽게 잠에 들 수 있었을까?'

생각보다 간단한 이유였습니다. 거기엔 지금의 제게는 없는 규칙적인 수면 패턴과 신체 활동이 있었거든요. 아침 여섯 시에 일어나 몸을 쓰는 아침체조로 하루를 시작합니다. 일과시간 중에는 훈련이나 작업을 하지요. 마지막으로 저녁 청소로 마무리를 합니다. 모두 몸으로 하는 일입니다. 그렇게 낮 동안 신체 활동으로 피로해진 몸이 밤이 되면 자연스레 휴식을 취할 수 있었던 겁니다.

반면, 그 후의 제 하루는 이와는 정반대였습니다. 일단 회사와 집이 가까우니 기상 시간은 빠르면 오전 네 시에서 늦으면 여덟 시 사이로 들쭉날쭉했지요. 출근해서는 중간에 화장실이나 식당에 가는 시간을 빼고는 오후 여섯 시까지 꼬박 앉아만 있습니다.

퇴근을 하고 집에 돌아오면 넷플릭스나 유튜브에서 두 눈을 고정하고 시간 가는 줄 모른 채 모니터만 바라봅니다. 그러다 어느새 잘 시간이 훌쩍 넘었음을 깨닫고 서둘러 침대에 누워봅니다. 그러나 이미 잘 시간을 놓친 두 눈은 잠드는 방법을 잊어버렸습니다. 그래도 내일 출근을 위해 억지로 눈을 감고 잠을 청해봅니다. 머리는 피곤한데, 어째 몸은 그렇지 않은 것 같습니다.

얼마나 지났을까요? 일어나서 시계를 봅니다. 한 시간 반을 누워 있었네요.

'불면증인가?'

그런 생각이 들자 갑자기 마음이 불안하고 초조해집니다. 다시 잠을 자려고 노력해봅니다. 역시 잠은 올 생각이 없는 것 같습니다…. 시간이 더디게 흐르는 것만 같습니다. 초조한 마음이 사라지질 않습니다. 다시 일어나서 시계를 봅니다. 불안합니다. 너무 불안합니다. 잠이 안 온다는 사실이 너무나 불안해서 잠을 잘 수가 없습니다.

'언제쯤 잠들 수 있을까…?'

그러는 사이, 점점 하얀 새벽이 왔습니다.

지금 여기 두 대의 차가 있다고 가정해봅시다. 한 대는 다섯 시간 동안 공회전을 했고, 다른 한 대는 다섯 시간 운행을 했지요. 그리고 주유소에 방문했습니다. 과연 어떤 차에 연료가 더 많이 들어갈까요? 답은 너무나 뻔합니다. 다섯 시간 동안 달린 차에 기름이 더 많이 들어갈 것입니다.

여기서 '기름'이란 단어만 '잠'으로 바꿔보면 어떻게

될까요? 다섯 시간 동안 책상에 앉아 있던 사람과 다섯 시간 동안 밖에서 축구를 한 사람이 있습니다. 과연 어떤 사람이 더 오래, 더 잘 잘 수 있었을까요? 누가 뭐래도 후자일 겁니다.

《인스타 브레인》의 저자인 정신과 전문의 안데르스 한센에 따르면, 인류는 역사 중 99.9퍼센트에 해당하는 시간 동안 수렵 채집인이었으며, 우리의 뇌는 최근 1만 년 동안 변하지 않았다고 합니다.[*] 즉, 사바나 초원에서 살던 인류와 우리가 생물학적으로는 큰 차이가 없다는 얘기지요. 사바나 초원에 회사원이 있었을까요? 데스크 업무가 있었을까요? 없었습니다. 살기 위해 뛰어다니고 몸을 움직이며 사냥하는 일이 하루의 전부였을 겁니다.

'1만 년 전과 크게 변하지 않은 현대인의 뇌 그리고 크게 바뀐 생활 환경'

[*] 안데르스 한센, 김아영 역, 《인스타 브레인》, 동양북스, 2020, 10쪽

이는 곧, 우리가 의식적으로 몸을 움직이며 살아야 할 명백한 근거가 됩니다.

차가 달림으로써 기름을 소진하듯, 인간도 움직임으로써 에너지를 소진해야 합니다. 소진해야 다시 에너지를 채워 넣을 공간이 생기니까요.

일정치 않은 수면 패턴과 신체 활동의 부재 말고도 제가 잠들 수 없었던 핵심적인 요인이 하나 더 있었습니다. 바로 '체온'이었지요. 자기 전에 침실의 온도가 높으면, 심부 체온이 떨어지지 않아 수면을 방해할 여지가 있다는 사실을 저는 책을 보고 알게 되었습니다.

수면생체리듬 연구소장 니시노 세이지는 저서《스탠퍼드 교수가 가르쳐 주는 숙면의 모든 것》에서 "심부 체온과 뇌의 온도가 내려가면 졸음이 온다. 반대로 심부 체온과 뇌의 온도가 높은 상태이면 졸음이 잘 오지 않는다.* 한여름에 잠을 이루기가 어려운 것은 기온이

* 니시노 세이지, 김정환 역, 《스탠퍼드 교수가 가르쳐 주는 숙면의 모든 것》,
브론스테인, 2020, 87쪽

높은 탓에 심부 체온이 잘 내려가지 않기 때문이다.*"라고 했습니다.

저는 그저 여름이면 '열대야 때문에 잠이 잘 안 오나 보다.' 정도로만 알고 있었을 뿐, 체온이 이렇게까지 잠에 영향을 주는지 전혀 몰랐습니다.

돌이켜보면, 불면증은 자취를 시작하면서부터 심해졌습니다. 자취의 시작은 신축 오피스텔이었지요. 그곳은 신축 건물이라 단열이 꽤 잘 되는 곳이었습니다. 초겨울에도 24도 이하로 실내 온도가 떨어지는 일이 거의 없었으니까요. 그러다 보니 저녁에 보일러를 조금만 켜놔도 집안은 금세 훈훈해졌고, 그 훈훈함은 자기 전에 보일러를 꺼도 아침까지 지속되었습니다. 겨우내 자취방의 따듯함이 저도 모르는 사이 불면증의 하나의 원인으로 작용했던 것이지요.

규칙적인 수면 패턴의 부재와 신체 활동의 부재 그리고 높은 온도의 침실이 제가 잠들지 못했던 큰 부분을

*위의 책, 170~171쪽

차지했지만, 불면증에 화룡정점을 찍은 것은 바로 '불안'이었습니다. 세계적인 신경 과학자이자 수면 분야의 석학 매슈 워커는 저서 《우리는 왜 잠을 자야할까》에서 이렇게 말했습니다.

"만성 불면증을 일으키는 가장 흔한 두 가지 원인은 근심과 불안이다. 내일 해야 할 일들, 심지어 먼 미래에 할 일이 걱정되면서 마음속에 감정이 마구 난무하기 시작할 때, 잠을 자거나 유지하기가 거의 불가능해지는 것도 놀랄 일은 아니다."*

당시 저는 대부분의 자산을 24시간 장 마감이 없는 가상화폐 시장에 투자한 상태였습니다. 저는 잘 수 없었지요. '잠든 사이에 폭락장이 와서 내 코인의 가치가 떨어지면 어쩌지?' 하는 걱정이 불안을 가져왔기 때문이었습니다.

겨우 잠이 들어도 저도 모르게 자꾸 잠에서 깨는 순간이 늘어났습니다. 매슈 워커는 이 현상을 이렇게 설

---

* 매슈 워커, 이한음 역, 《우리는 왜 잠을 자야할까》, 열린책들, 2019, 347쪽

명했습니다.

"만성적인 스트레스는 싸움-도피 신경계를 활성화시
킨다. 이 신경계가 활성 상태를 오래 유지하면 여러 가
지 문제가 생긴다. 싸움-도피 신경계 활성으로 대사율
이 증가하고, 각성 호르몬인 코르티솔이라는 화학 물질
이 분비되어 심부 체온이 높아져 잠에 들기가 힘들어
진다. 쉽게 말하면 노트북을 닫았는데도 노트북이 수면
모드로 전환되지 못하는 상황이라고 할 수 있다."*

이런 그의 말처럼 그때 저는 화면을 닫아도 수면 모
드로 전환되지 않는 고장 난 노트북이었습니다.

예전에 한번 특이한 경험을 한 적 있습니다. 깨끗하던
차에 갑자기 한두 마리의 초파리가 날아다니는 것이었
습니다. 저는 '언제 창문을 열어놨을 때 들어 왔나?' 하
며 처음에는 대수롭지 않게 생각하고 창문을 열어 초파
리들을 밖으로 날려 보냈지요.

그런데 귀신이 곡할 노릇이었습니다. 분명 환기를 하

* 위의 책, 348~349쪽

고, 안에 있는 초파리를 모두 바깥으로 내보냈는데도 다음 날이면 또 초파리 몇 마리가 차 안에서 날아다니는 것이었습니다.

그 뒤로 한동안 내보내도 내보내도 어디선가 계속 나타나는 초파리들 때문에 굉장히 스트레스를 받았습니다. 그러다 우연히 운전석 옆 수납공간을 열었는데, 거기서 초파리들이 한꺼번에 쏟아져 나오는 것이었습니다.

아차 싶었습니다. 문득 한 달 전 친구들과 강릉으로 놀러 간 기억이 떠올랐기 때문이었죠. 당시 조수석에 앉은 친구가 남은 김밥을 그곳에 넣어두고 깜빡한 것입니다. 잡아도 잡아도 계속 생겨나던 초파리는 바로 그 수납공간 속 김밥 때문이었습니다.

불면증은 날파리입니다. 제가 수납공간 속 김밥의 존재를 몰랐을 때, 전 매일같이 초파리를 만나야 했습니다. 만약 제 불면증도 원인을 모른 채, 수면제나 수면유도제로 증상만 없애려 했다면 잠시 괜찮아지다가 다시 심해졌을 겁니다. 왜냐하면, 눈에 보이는 초파리들은 전부 잡았을지 몰라도, 수납공간 속 김밥은 아직 치우지 않았기 때문이지요. 저에게 있어 김밥은 일정치 않은 수면 패턴, 신체 활동 부재, 잘못된 수면 환경 그리고 멈추지 않는 걱정이었습니다.

끝으로, 여전히 매일 밤, '난 왜 못 잘까?' 하며 자신을 괴롭히고 있을 수많은 베개 유목민들에게 이 말을 드리며 글을 마무리할까 합니다.

"하루 못 잔다고 큰일 나지 않더라고요. 잠이 안 오면 '그냥 누워서 쉬지 뭐…' 하는 마음을 품었더니 어느새 제가 자고 있더라고요. 그런 마음으로 최대한 같은 시간에 일어나고, 많이 걷고, 걱정을 침대까지 가져오지 않는 습관을 들인다면 어느새 불면증은 당신 곁을 떠나 있을 겁니다. 이건 정말이에요."

혼자가 싫어 빗방울이 두드리는
밤창문을 열고

chapter 02

이해할 수 없는 장면

ᴄ

으레 쉬는 날이면, 넷플릭스를 켜고 영화나 드라마를 보곤 합니다. 주로 즐겨보는 컨텐츠는 드라마인데, 항상 끝까지 보지 못하고 포기할 때가 많아요. 한데 이런 제가 최근에 끝까지 다 본 드라마가 하나 있습니다. 바로 〈또! 오해영〉이라는 드라마지요. 2016년에 나온 드라마를 이제야 보고서 눈시울을 붉혔다는 말이 조금 부끄럽기도 합니다만, 나름대로 생각의 전환을 가져온 작품이라 굳이 이야기해보려 합니다.

〈또! 오해영〉에는 시청자들이 인정하는 명장면 하나가 있습니다. 바로 두 주인공이 막 싸우다가 갑자기 진한 키스를 나누는 장면인데요. 그 장면은 당시에 워낙 유명해서 TV만 틀면 나올 정도였지요. 오죽하면 드라마를 안 본 저조차도 그때 그 장면만큼은 여러 번 다시 봤던 기억이 있습니다. 하지만 당시 드라마를 몰랐던 저는 그 장면이 이해가 되지 않았습니다.

'미친 듯이 싸우다가 갑자기 왜 키스를 하는가?'

그렇게 〈또! 오해영〉은 오랫동안 제 기억 속에 '이해할 수 없는 드라마'로 남아 있었습니다.

그렇게 5년이 지난 어느 심심한 일요일, 넷플릭스에서 〈또! 오해영〉을 정주행하게 되었습니다. 오랜 시간이 지나 드라마를 다 보고 나서 혼자만의 오해를 풀 수 있었어요. 그제야 〈또! 오해영〉이 말하는 '그 장면'이 제대로 보이더라고요. 장면만 봤을 때는 도무지 이해할 수 없었던 순간이 맥락과 함께하니 가슴 먹먹해지는 아름다운 장면으로 변했습니다.

'어쩌면 나, 타인을 볼 때도 이러고 있었을지도 모르

겠다.'

문득 그런 생각이 들었습니다. 누군가 이해되지 않는
행동을 하면 마음속으로 그 사람을 '이상한 사람'으로
판단해버리는 경우가 많았거든요. 그 사람이 왜 그런
행동을 했고, 왜 하게 됐는지에는 큰 관심을 갖지 않았
습니다. 그러고선 그 사람을 이상한 사람이라고 여기고,
미워하기 바빴죠.

"어떤 사람을 싫어하는 것은 그 사람에 대해 알 시간
이 없었다는 것이다."라는 누군가의 말처럼, 저는 이해
되지 않는 사람에게 큰 관심을 안 두고 그저 '이상한, 마
음에 안 드는 사람'이라며 쉽게 판단한 겁니다.

물론, 이해되지 않는 사람에게 애써 관심을 기울이는
일이 말처럼 쉬운 일이 아닙니다. 그렇지만 이해해야
할 이유가 있다면, 못 할 일도 아니지요. 아는 게 많아지
면 애정이 생깁니다. 친구에 대해서든, 연예인에 대해서
든, 연인에 대해서든 그 어떤 존재라도요. 처음에는 별
로 마음에 들지 않는 사람이었는데, 오래 같이 일하다
보니 다시 보게 된 사람, 소개팅에 나온 상대방의 외모

가 분명 별로였는데, 몇 번 더 만나니 애정이 생기고 좋아진 기억들이 그런 대표적인 예이지요. 시간이 우리를 그 상황과 그 사람에게 적응하게 만든 거라고 말할 수도 있겠습니다. 반면, 우리 스스로가 능동적으로 세상에 관심을 가지고 바라보았기 때문에 가능했다고 말할 수도 있지요. 판단은 우리의 몫인 것 같습니다. 주어지는 정보를 그냥 보이는 대로 받아들일 건지, 마치 나태주 시인처럼 사랑으로 받아들일 건지는.

자세히 보아야
예쁘다.

오래 보아야
사랑스럽다.

너도
그렇다.

나태주, 풀꽃*

* 나태주, 《꽃을 보듯 너를 본다》, 지혜, 2015, 74쪽

꼭 그렇게 말해야 했을까

〔

말만큼 형태도 없고 보이지도 않으면서 큰 상처를 주는 것도 세상에 또 없는 것 같습니다. 부부 간에, 친척 간에, 친구 간에, 다른 다툼 때문에 멀어지는 일보다 입에서 나온 말에서부터 시작된 다툼으로 멀어지는 경우가 훨씬 흔하니까요.

저도 친구의 말 한마디 때문에 깊은 상처를 입은 적이 있습니다.

언젠가 유튜버와 관련된 안 좋은 기사가 난 적이 있는데, 한 친구가 단체채팅방에 캡처한 기사를 올리며 이렇게 말하더라고요.

"아이고~ 따목준(따듯한 목소리 현준)님 머리 아프시겠다~ 채널 망하는 거 아니야~?"

그 친구의 메시지를 보고 놀란 저는 링크된 기사를 꼼꼼히 확인해보았습니다. 그 기사는 유튜버에 대한 곱지 않은 시선이 담긴 글이었지만 제 유튜브 채널과는 관련이 없는 이야기였습니다. 그의 딴에는 제가 걱정되어서 한 말인지도 모르겠지만, 당시 저는 그 말이 비꼬는 말로 들렸습니다. 그래서 기분이 썩 좋지가 않았죠. 문득 이런 생각이 들었습니다.

'꼭 그렇게 말해야 했을까?'

괜스레 예전 생각이 나서 그가 미워졌습니다. 유튜브 활동 초기에 저는 저작권 관련 문제들 때문에 채널이 망할 뻔한 적이 몇 번 있었거든요. 그때 혼자 해결 방안을 찾기 위해 동분서주했습니다. 그렇지 않아도 못 자는 잠을 그땐 더 못 자기도 했고요. 하루하루가 압박감으로 가득한 날들의 연속이었습니다.

친구에게 그 말을 듣는데 괜스레 그런 아픈 시간이

주마등처럼 스쳐 지나가서 마음 한켠이 아려왔습니다.

지금 이 순간, 과거 그 친구를 원망했던 기억을 떠올리며 동시에 저를 돌아봅니다. 저 또한 누군가에게 조언이라는 핑계로 무심하게 떠든 순간들이 있습니다. 여자친구와의 연락문제 때문에 힘들어하는 친구에게 조언이라는 명분으로 입에서 나오는 대로 거친 말을 했던 순간들. 회사 때문에 힘들어하는 친구에게 그럴듯하게 포장한 막말을 내뱉은 순간들. 씁쓸히 웃던 그들의 표정. 그 모든 것들이 떠올라 괜스레 얼굴이 붉어집니다.

길을 걸을 때 신발 끈이 풀린 줄 모르고 걸으면 넘어집니다. 당장은 넘어지지 않더라도 그대로 계속 걸으면 언젠가는 넘어집니다. 풀려버린 신발 끈이 '나 풀렸어~'라고 말해주지 않듯이 사람의 마음도 비슷한 것 같습니다.

넘어지지 않도록 자주 신발 끈을 살펴 매듯이, 소중한 사이가 넘어지지 않도록 곁에 있는 이의 마음을 자주 살펴야 하지 않을까요?

타인의 시선을 의식하는 당신에게

ᕙ

저는 타인의 시선을 의식하는 사람입니다. 오랜 습관이며, 지금도 가끔 그러고 있지요. 하지만 그것 때문에 이제 더 이상 힘들어하지 않습니다.

처음 제가 타인의 시선을 무척이나 신경 쓰는 사람이라는 걸 깨달은 순간은 고등학교 2학년생 때입니다. 스트레스가 한꺼번에 덮쳐와서 여드름이 얼굴 전체를 뒤덮은 적이 있습니다. 그리고 오랫동안 사라지지 않았지요.

스스로 '특출난 매력도 없고, 말주변도 없는 놈'이라고 여겨왔던 제가 그나마 가진 건 '깨끗한 피부'뿐이라고 생각해왔었는데, 그마저도 사라지려 하니 미약하게 나마 숨을 붙잡고 있던 자존감이 산소호흡기를 끄고 만 거지요.

'이런 흉측한 얼굴은, 아무도 좋아해주지 않을 거야.'

괴물처럼 변한 얼굴을 부끄러워하며, 사람들의 시선을 피했습니다.

'내일은 제발, 여드름이 전부 사라졌으면 좋겠다.'

매일 밤, 그런 생각을 하며 잠에 들었습니다. 아침에 눈을 뜨면 기적처럼 얼굴에 모든 여드름이 사라져 있기를 바라면서요. 그러나 당연하게도 드라마 같은 반전은 없었습니다. 언제나 아침 일찍 마주한 거울 앞에는 새로 돋아난 여드름과 지난 흉터를 가진 제 얼굴만 슬프게 존재할 뿐이었지요.

처음에는 반 아이들의 시선이 '조금 신경 쓰인다.' 정도였는데, 시간이 흐를수록 그것은 형태를 갖춘 공포가 되어갔습니다. 언제부턴가는 남들이 제 얼굴을 신경 쓰고 있는지 없는지는 그리 중요한 일이 아니었습니다. 그보다는 제 마음속에서 피어나는 부정적인 생각을 붙잡는 게 더 중요한 일이었지요. 그것은 '사람들은 내 얼굴을 비웃고 있을 것이다.' 같은 편향적인 생각이었습니다. 어느새 저는 인사만 하고 지냈던 아이들은 물론, 몇 없던 친한 친구들까지 전부 피하고 있는, 제가 보아도 '참 이상한 아이'가 되어 있었습니다.

어느 날 문득, 얼굴에 난 여드름보다 사람들의 시선에 더 큰 스트레스를 받고 있다는 사실을 깨달았습니다. 저는 제 자신에게 진지하게 물었지요.

'그래. 피부가 안 좋아진 건 그렇다 치자. 피지 분비가 많은 사춘기니까 그럴 수도 있어. 근데 이런 내 모습도 내 모습인데, 나라는 사람은 왜, 나를 이렇게도 부끄러워하는 걸까?'

당시에는 그 질문에 명쾌한 답을 찾지 못했습니다. 나이가 들어서야 그 질문에 답이 될 만한 몇 가지 사실들을 알게 되었지요. 그중 하나가 미국 코넬 대학 토머스 길로비치 교수의 '조명효과(Spotlight effect)'라는 심리학 이론입니다. 길로비치 교수는 이렇게 주장했습니다.

"평범한 사람도 무대에서 조명을 받는 배우처럼 스스로 타인에게 평가받고 있다라고 여기는 경향이 있다."

그는 자신의 주장을 뒷받침하기 위해 한 가지 실험을 했습니다. 한 명의 학생에게 한물간 스타의 얼굴이 그려진 티셔츠를 입히고 실험 참가자들이 있는 방에 들어갔다가 나오게 했지요. 그리고는 방 안에 있던 참가자들에게 방금 왔다 간 학생의 티셔츠를 기억하느냐고 물었습니다. 그들 중 23퍼센트가 학생의 티셔츠를 기억했지요. 그에 반해 티셔츠를 입었던 학생은 실험 참가자 중 46퍼센트 정도가 자신의 티셔츠를 기억할 것 같다고 예상했습니다.

길로비치 교수는 다른 티셔츠로도 실험을 더 했지만 결과는 비슷했습니다. 당사자가 예측한 것에 비해, 실제 실험 참가자들이 이상한 점을 알아차리는 비율은 현저히 낮게 나온 거지요.

진화심리학자 이시카와 마사토는 이렇게 타인의 시선을 신경 쓰는 인간의 태도를 진화적 관점에서 말합니다. "인간이 타인의 시선을 의식하는 것은 본능이다. 우리가 사람의 눈을 두려워하는 건, 잡아먹느냐 잡아먹히느냐의 영장류에서 진화하였기 때문에 그렇다."* 라고요.

저도 언젠가 순전히 "본능 때문에"라고 말할 수 있을 만한 경험을 한 적이 있습니다. 부모님을 따라 강원도의 한 절에 가려고 산을 오르다 중턱 즈음에서 커다란 뱀을 만난 거지요. 정말이지 그런 느낌은 처음이었습니다. 사진으로만 보던 존재가 눈앞에 있다고 인지하자마자 감전이라도 된 것처럼 몸이 딱딱하게 굳어버리더라고요. 그것은 결코 학습에 의한 신체 반응이 아니었습니다. 제가 느낀 그것은 '본능'이었습니다.

* 이시카와 마사토, 이정현 역, 《생물학적으로 어쩔 수가 없다》, 시그마북스, 2022, 28쪽

서울대학교 인류학과 강사로 재직 중인 박한선 박사는 당시 제가 느낀 그때의 감각을 이렇게 설명합니다. "인간이 자동차나 총 공포증을 가진 사람은 드물지만, 뱀 공포증을 가진 사람들은 많다. 왜냐하면, 생겨난 지 100~200년밖에 되지 않은 자동차와 총에 비해, 뱀은 인류의 역사와 함께 공포의 대상으로 인식되었기 때문에 유전적인 측면에서 뱀에 대한 불안 반응은 이미 갖고 태어나는 것처럼 보인다."*

이런 일련의 사례들은 타인의 시선을 의식하며 힘들어하는 당시의 저에게 "너 혼자만 타인의 시선을 의식하는 '이상한 사람'이 아냐. 사람이라면 다 그래. 너도 그냥 그들과 같은 사람일 뿐이야."라고 말하는 것 같습니다.

어쩌면 당시, 엉망이 된 피부를 실감하면서 다른 사람들의 시선을 지독히도 의식하던 저라는 사람도 그저 평범한 인간이었을지도 모르겠습니다. 다만, 흉해진 겉모

---

* JTBC 차이나는 클라스 제작진, 《차이나는 클라스 마음의 과학》, 중앙북스, 2021, 228쪽

습 때문에 친구들에게 배제될지도 모른다는 생각에 두려웠던 게 아닐까요. 그래서 뱀을 맞닥뜨렸을 때처럼, 생전 처음 맞는 상황에 뇌가 본능적으로 공포 반응을 일으킨 게 아닐까 하는 생각이 듭니다.

물론, 지금 이 순간에도 갑자기 그때처럼 얼굴이 엉망이 된다면, 비슷한 괴로움에 빠질 것 같습니다. 하지만 그 다음을 대하는 자세는 그때와 크게 다를 거라고 자신 있게 말할 수 있습니다. 아무리 '타인의 시선'이라는 놈이 한 손에 몽둥이를 들고 저를 완전히 묵사발로 만들겠다고 겁을 줘도 구석으로 숨거나 고립을 택할 생각은 추호도 없으니까요.

몽둥이를 든 타인의 시선에 잔뜩 겁을 먹고 마주한다면, 현 상황을 회피하거나 속수무책으로 당하는 것밖에는 달리 할 수 있는 일이 없어 보입니다. 하지만 여러 사례들을 통해 '인간이 다른 사람의 시선을 신경 쓰는 건 당연하다.'라는 사실을 깨닫고 나면, 타인의 시선이 들고 있는 몽둥이는 금세 솜방망이가 될 겁니다. 왜냐하면, 우리가 타인의 시선을 두려워하는 건, 포식자들을 두려워했던 옛 조상들의 유산일 확률이 높고, 현 시대에는 그 유산의 필요성이 크게 줄어들었기 때문입니다. 주위에 남의 눈을 크게 의식하지 않고, 자신을 드러내며 하고 싶은 일을 마음껏 하면서 즐겁게 사는 사람들이 그것을 증명하지요. 예전 우리의 조상들은 무리에서 버려지거나 배척당하면, 남은 것은 '죽음'뿐이었지만, 현대를 사는 우리는 그렇지 않습니다. 따라서 현대를 사는 우리에게는 '타인의 시선을 의식하는 우리의 모습'은 없애야 할 적이 아니라, 그냥 '인정만 하면 끝인 상대'가 된 거지요.

어쩌면 타인의 시선을 크게 의식하며 괴로워하는 것은, 내리는 비 때문에 옷이 자꾸 젖는다고 하늘에 불평하는 일을 닮은 것 같습니다. 비가 내리면 우산을 쓰고 목적지를 향해 걸으면 되는데, 우산을 쓰는 일보다 하늘을 원망하는 일에 큰 관심이 있어 보이는 것처럼요.

어쩔 수 없이 존재하는 타인의 시선에도 마음의 우산을 쓰고 묵묵히 자신의 길을 걷는 사람도 분명 있을 겁니다. 아마 마음의 우산을 찾는 시작은 '타인의 시선은 하늘에서 내리는 비를 닮았다.'라고 생각하는 일이 아닐까 합니다. 그러고 나면 우리는 마음의 우산을 집어 들 생각을 할 수 있을 테니까요.

나를 싫어하는 사람이 없었으면 하는 마음

(

최근에 넷플릭스에서 〈D·P〉라는 군대를 소재로 한 드라마를 보았습니다. 거기서 한 병장이 이제 막 들어온 신병에게 이런 말을 하더라고요.

"넌 그냥 와꾸가 맘에 안 들어."

문득 첫 직장에 다닐 때의 일이 떠올랐습니다. 사회초년생 시절, 이유 없이 차가웠던 선배 A 때문에 고민으로 하루를 가득 채우던 순간이 말이지요.

보고서 만드는 법도 가르쳐주지 않고, 제가 만든 보고서를 보고 나서는 "이것도 보고서라고 만든 거냐?"며 직원들이 있는 곳에서 창피를 주는가 하면, 말도 안 되는 일을 시켜놓고 자신의 말을 안 듣는다며 주변 사람들에게 제 험담을 하는 것이었죠.

그의 마음에 들어보려, 책상 위에 음료수도 올려놓기도 하고, 그가 귀찮아할 만한 일들이 있으면 먼저 나서서 처리하기도 했지요.

어느 날은 부서 회식이 있었습니다. 취기를 빌려 A 선배의 옆자리로 가서 앉았습니다. 그에게 소주 한 잔을 따라주며 말을 붙여볼 심산이었죠. 그러나 그는 제가 옆자리에 앉자마자 표정을 구기며 다른 자리로 가버렸습니다. 엉거주춤한 자세로 소주병을 들고 굳어 있는데, 몇몇 직원들의 놀란 얼굴이 보였습니다. 부끄러워 얼굴이 빨개졌습니다. 정말이지 괴로웠습니다. 내가 무슨 짓을 해도 나를 싫어하는 사람이, 나를 무시하는 사람이, 경멸하는 사람이 있다는 사실이 정말이지 견딜 수 없이 괴로웠습니다.

다음 날, 어제 일 때문에 휴게실에서 멍하니 커피를 홀짝이고 있는데 언제나 웃는 얼굴인 B 선배가 제 옆으로 다가와 앉았습니다.

입사 때부터 느꼈지만, 그의 얼굴은 언제나 편안해 보

였습니다. 저는 그에게 가볍게 목례를 하고, 계속 멍하니 있었습니다. 그렇게 몇 초쯤 있다가 곁눈질로 B 선배의 얼굴을 보았습니다. 고민이라곤 전혀 찾아볼 수 없는 표정을 보니 갑자기 부러움이 밀려왔습니다.

'아, 이 선배 며칠 전에 부장한테 그렇게 욕을 먹고도 표정 하나 안 바뀌던데…. 부럽다. 저 멘탈.'

그런 생각을 하고 있는데, 그가 갑자기 제게 말을 걸어왔습니다.

"회사 생활은, 할 만해?"

"아…. 예, 뭐…. 괜찮습니다."

"아닌 거 같은데…?"

"아니요. 아니에요. 괜찮습니다."

"어…. 그래."

그 선배에 관한 생각을 하던 와중이었기 때문에, 저는 벌게진 얼굴로 생각나는 대로 답을 얼버무렸습니다. 그렇게 뱉은 말을 후회하는 사이, B 선배와 저 사이에는 다시 정적이 흘렀습니다. 어느덧 저는 손에 있던 커피를 다 마셨기 때문에 사무실로 돌아가려고 몸을 일으켰습니다. 그때, B 선배가 제게 다시 말을 걸었습니다.

"있잖아. 나도 말이야…. 입사 초기에 그런 선배가 있었어."

"네…?"

갑작스러운 그의 말에 저는 고개를 돌려 주변을 둘러보았습니다. 휴게실에는 선배와 저, 둘 뿐이었지요. 조금 놀란 얼굴로 그의 눈을 쳐다보았습니다. 그는 저와 눈을 마주치지 않고, 그때를 회상하는 듯, 다시 말을 이었습니다.

"그래. 그때, 그 선배가 나를 좀 많이 싫어했던 것 같
아. 이거 시키고 저거 시키고, 진짜 난리도 아니었지. 그
런데 시키는 게 다 말도 안 되는 것들 뿐이어서 미친 듯
이 화가 치밀더라."

"아…."

"뭐, 처음에는 상사가 시킨 거니까. 열심히 보고서를
만들어서 가져다줬지. 내가 할 수 있는 일은 그것밖에
없으니까. 그랬더니 뭐라 그러는지 알아? 보고서를 왜
이따위로 만들었냐는 거야…. 지가 그렇게 하라고 시켰
으면서 말이지."

"……."

"기가 차더라. 그러고서는 옆에 직원들이 다 있는데,
나한테 온갖 쌍욕을 하는 거야…. 내 동기들까지 다 있
는데 말이야. 그때 잠깐, 서류를 그놈한테 던지고 때려
치울까 말까 심각하게 고민했다."

"그런 일이 있었나요…?"

"어. 근데 말이야, 진짜 이상한 게 뭔 줄 알아? 그렇게 깨지고 자리에 앉는데, 뭔지 모를 오기가 생기더라는 거야. 나를 무시한 그 선배한테 인정받고 싶은 마음? 그런 게 생겼던 것 같아. 그래서 그때부터 내가 할 수 있는 모든 노력을 다 쏟아부었지."

저는 그 얘기를 듣고 깜짝 놀랐습니다. 제가 지금 A 선배에게 느끼는 그 마음과 비슷한 것이어서요.

"그, 그래서 어떻게 됐는데요?"

"어떻게 됐을 것 같니?"

"음…. 뭐, 결국에는 인정받으셨을 것 같은데요."

"아니, 아니야. 틀렸어. 그 사람은 끝까지 날 인정해주지 않더라…. 나름 노력했다고 생각했는데도, 어느 정도

객관적으로 봐도 인정할 만한 결과를 냈다고 생각했는데도, 그 사람은 날 인정해주지 않았어. 뭐랄까, 그 사람은 그냥 나를 싫어했던 것 같아…."

저는 아무 말도 하지 못하고 그의 눈만 바라보았습니다. 그의 눈은 진심을 말하고 있었지요. 그는 살짝 어깨를 으쓱하더니 말을 이었습니다.

"뭐, 요즘 너랑 A를 보는데 남 일 같지가 않아서, 그래서 하는 말이야. 그러니까 너무 신경쓰지 말라고. 사람 관계는 노력으로 안 되는 부분도 있으니까."

"아, 네……."

"난 그때 그 선배 마음에 들어보려고 내 시간과 체력을 갈아 넣었던 그 시간이 너무 아깝단 생각이 들어. 흠, 우습지? 아이고, 내가 별 얘기를 다 하네. 그래. 나 먼저 간다. 천천히 쉬다 와."

B 선배는 그 말을 끝으로 살짝 제 어깨를 두드리고는 사무실로 돌아갔습니다. 저는 얼빠진 표정으로 선배의 뒷모습만 쳐다볼 수밖에 없었지요. 자리로 돌아와서도 쉽게 일이 잡히지 않았습니다. 그분의 말대로, 그의 과거 모습이 바로 지금의 제 모습이었으니까요. 결코 부정할 수 없었습니다. 누군가 저를 못마땅하게 여기는 것 같으면, 마음에도 없는 행동을 해서라도 그의 마음에 들려고 노력하는 게, 그게 바로 저였으니까요.

그날 이후로 오랜 시간이 흘렀습니다. 소파에 앉아 드라마 〈D·P〉를 보면서 첫 회사에서 만났던 선배들과 저를 떠올립니다.

지금의 저는 그때와 많이 달라져 있을까요? 어쩐지, 크게 달라지지는 않은 것 같습니다. 여전히 누가 저를 싫어한다거나, 미워한다는 소릴 들으면 으레 신경이 쓰이는 게 솔직한 마음이니까요. 그렇지만 적어도 그때처럼 저의 중심을 잡지 못하고 어떻게든 상대방의 마음에 들어보려 안달하지는 않습니다.

열등감의 치유 심리학으로 유명한 알프레드 아들러는 이런 말을 했습니다. "행복해지려면 미움받을 용기도 있어야 한다. 그런 용기가 생겼을 때 인간관계는 한 순간에 달라진다." 이는 쉽게 말해서 '상대가 나를 좋게 봐줬으면…' 하는 마음을 내려놓으라는 뜻입니다.

그러나 사실, 그 상대가 윗사람일 때 이런 미움받을 용기를 낸다는 게 말처럼 쉬운 일은 아니지요. 용기 있게 부대를 뛰쳐나가거나, 회사를 때려치워 버린다면 누가 손해를 볼지 불 보듯 뻔한 일이니까요. 그렇다고 선임이나 직장 선배한테 '용기 있게' 대들 수도 없습니다. 이럴 때 우리는 어떻게 해야 할까요?

사견이지만, 자석의 성질을 떠올려보는 건 어떨까 합니다. 자석은 같은 극끼리 붙지 못합니다. 저는 언제부턴가 저와 크게 맞지 않는 사람을 만나면 '같은 극을 만났다.'라고 생각하며 살고 있습니다. 그러면 제가 할 수 있는 일은, 몸에 힘을 빼는 일. 단지 그것만 남습니다.

알프레드 아들러의 말처럼 자신을 싫어하는 사람의 영향을 받아 흔들리지 않으려면 '용기'는 꼭 필요하다고 생각합니다. 하지만 그것이 '들이받을 용기'가 아니고 '힘을 뺄 용기'라도 충분하다고 생각해요.

자석만 떠올려봐도 그렇습니다. 같은 극끼리 붙이려면 손에 계속 힘을 주고 있어야 하지요. 그 상황에서 '딱 한 번' 힘을 빼면 두 개의 자석은 멀찌감치 밀려나고 서로 편해집니다.

그러니 맞지 않는 사람이 있다면 '한 번' 밀려나기를 두려워하지 말고, 그와의 관계에서 의도적으로 힘을 빼보는 건 어떨까 합니다. 그런 마음이면, 심지어 그가 제게 위해를 가하려고 다가와도 자연스럽게 그와 거릴 둘수 있을 겁니다. 신체적 거리, 정신적 거리 둘 다 말이지요.

힘을 빼면 안달하지 않게 됩니다. 안달하지 않게 되었다는 건 이 상태로도 편안하다는 거고요. 이런 느낌은 우리로 하여금 쉽게 중심을 잡게 해줍니다. 주변 상황에 쉽게 흔들리지 않게 해주지요. 이제 우리는 천천히 발을 앞으로 내딛기만 하면 됩니다. 그 발걸음은 시원한 바람이 부는 여름밤에 맥주 한 캔을 마시며 산책하듯 경쾌할 겁니다.

모든 사람들에게 친절할 필요는 없지만

(

한가로운 주말이면 빈 가방을 메고 지하철 4호선에 오릅니다. 강남에 있는 교보문고에 가기 위해서 말이죠. 가방이 책으로 가득 차면 제 마음도 풍성해지는 기분이라 발걸음은 항상 가볍습니다.

그날도 여느 때와 같은 여유로운 토요일이었습니다. 가뿐한 마음으로 지하철을 타고 강남 교보문고 입구에 들어섰습니다. 그곳엔 이미 잔잔한 클래식 음악이 흐르고 있었습니다. 종이 냄새는 언제나처럼 저에게 평온함을 주었고요. 한두 번 심호흡을 하고, 책을 살피는 사람들의 리듬에 맞춰 이리저리 돌아다녔습니다.

얼마쯤 지났을까요? 새로 나온 책들을 살피고 있는

데 갑자기 누군가의 목소리에 주의를 빼앗기고 말았습니다.

"손님! 죄송하지만 서점 안에서는 커피를 드실 수 없어요. 죄송합니다."

흠칫 놀라서 들고 있는 책을 내려놓고, 말을 한 사람을 바라보았습니다. 점원이었습니다. 점원의 눈은 제 오른쪽 사람을 향하고 있었죠. 저는 급하게 고개를 돌렸습니다. 옆에는 캔 커피를 들고 책을 보는 한 남자가 서 있었습니다.

"아니, 안에서 먹지도 못하게 할 거. 서점 안에 편의점은 왜 만들어놓은 겁니까!?"

남자의 입에서는 다소 거친 대답이 튀어나왔습니다. 점원은 예상치 못한 대답에 놀라는 듯했습니다. 물론, 저도 놀랐고요. 왜냐하면, '아, 몰랐네요. 서점에서는 음료 취식이 안 되는 모양이군요? 그럼 편의점 안에서 먹으면 될까요?' 등의 말이 나올 거라고 생각했거든요.

"아…. 죄송합니다. 서점 안에선 음식물 취식이 불가능해요. 양해 부탁드릴게요."

점원은 커피를 들고 있는 손님에게 정중히 고개를 숙이며 말했습니다. 그러자 남자는 아까보다 오히려 더 기세등등해져서는 거친 말들을 마구 쏟아냈습니다.

"아니, 이게 말이 되냐고요. 이럴 거면 서점 안에 편의점을 만들지 말든가. 여기 매니저 어딨어요! 매니저 불러와요! 아, 진짜…."

커피를 든 남자가 급작스레 더 격분하며 화를 냈습니다. 점원의 얼굴은 삽시간에 붉어지고 말았죠. 하지만 애써 침착한 표정을 지으려 노력하며 대답했습니다.

"네, 알겠습니다. 헌데, 우선 마스크부터 올려주시겠어요?"

남자도 지지 않았습니다.

"아! 알겠으니까 빨리 매니저 불.러.오.라.고.요!!"

그곳의 기류는 이미 남자가 들고 있는 캔 커피처럼 차갑게 얼어붙었습니다. 점원은 매니저를 데리러 가는지 어디론가 사라졌고요. 점원이 사라진 뒤에도 커피를 든 그 남자는 화가 가라앉지 않는지 한참을 씩씩거렸습니다.

한바탕의 폭풍우가 지나간 서점은 다시 평온을 되찾았지요. 그제야 저도 다시 정신을 차리고 천천히 다른 곳으로 움직일 수 있었습니다. 문득 이런 생각이 들었습니다.

'이 일이 이렇게 얼굴을 붉히면서 화낼 일인가?'

상황을 우연히 처음부터 끝까지 지켜본 한 사람으로서, 그 상황이 그렇게 펄펄 뛰면서 매니저를 찾을 정도로 화를 낼 만한 상황은 아니라는 생각이 들었거든요. 조금은 기분 나쁠 수 있겠지만, 화를 내는 대신 짧게 '네.' 혹은 '안에 편의점에서 산 건데 그럼 어디서 먹을 수 있는 거죠?'라고 조용히 물을 수도 있었습니다. 하지만 그는 그렇게 하지 않았습니다. 마치 기다리기라도 했던 일이 생긴 것처럼 점원에게 마구 화를 냈습니다. 당시 그의 태도는 마치 '나는 손님이니까, 당신에게 화를 내도 돼! 당신에게 지적받아서 나는, 지금 기분이 굉장히 나쁘거든!'이라고 하는 것 같았죠.

생각이 거기까지 미치자 갑자기 궁금해졌습니다.

'이 공간에선 커피 취식이 안 된다, 코로나 시국이니 마스크를 일단 올려달라.'라는 말을 서점 직원이 아닌 자신의 직장 상사가 했어도 똑같이 화를 냈을까?'

언젠가 몸이 좋지 않아서 집 근처 내과에 갔을 때의 일입니다. 대기실에서 차례를 기다리고 있는데 접수대에서 간호사의 쩔쩔매는 목소리가 들려왔습니다. 귀를 기울여 보니 흔한 문의 전화인 듯했습니다. 그러나 '어떤 이유' 때문에 전화를 끊지 못하는 것처럼 보였지요.

"선생님. 월요일은 병원 휴진이에요. 추석 전부터 병원 앞에 써 붙여 놓았습니다."

"……."

"월요일은 원장님도 출근하지 않아서 병원 문을 열지 못해요."

"……."

"아…. 정말 죄송합니다. 저희도 어쩔 수 없어서요."

"……."

간호사가 전화를 끊을 수 없었던 '어떤 이유'는 전화를 건 사람의 대책 없는 요구 때문이었습니다. '자신이 월요일밖에 시간이 안 되니, 그때 자신을 위해서 병원 문을 좀 열어줄 수는 없겠냐.'라는 기가 막힌 요구였죠. 한 스무 번 정도(?) "월요일은 휴진입니다."라는 말을 했을 때, 간호사는 수화기를 원래 자리로 내려놓을 수 있었습니다. 전화를 끊고 길게 한숨을 내쉬는 그녀의 넋이 나간 표정을 보니, 문득 며칠 전 교보문고에서 커피를 든 한 남자 때문에 얼굴이 붉어졌던 점원이 머릿속에 떠올랐습니다.

사실, 저는 잘 모르겠습니다. 왜 서비스를 제공하는 사람들에게는 자기 기분 내키는 대로 해도 된다고 생각하는 사람이 있는 건지…. 도무지 모르겠습니다. 물론, 살면서 모두에게 친절한 사람으로 살 필요는 없습니다. 하지만 그것이 '누군가를 존중하지 않아도 되는 이유'가 되진 못합니다. 이를 착각하는 사람이 세상에는 의외로 많은 것 같습니다. 세상 그 어디에도 내 마음이 내키는 대로 대해도 되는, 존중받지 않아도 되는 사람은 없습니다. 손아랫사람이든, 직장 상사든, 자신에게 서비스를 제공하는 사람이든 똑같이 존중받아야 마땅하지요. 손아랫사람이기 이전에, 가게의 점원이기 이전에, 병원의 간호사이기 이전에 저마다의 삶을 살아내고 있는 중요한 존재들이니까요.

타인을 존중하지 못하는 사람은 자기 자신도 존중하지 못합니다. 많은 사람들에게 부끄러운 행동을 보이면서도 부끄러워하지 않는 모습이 그 사실을 대신 말해주고 있지요. 현명한 사람은 설령 기분이 별로 좋지 않을 때조차 타인에 대한 기본적인 존중은 잃지 않습니다. 이는 불특정 다수의 부정적인 시선이 두려워서가 아닙니다. '누군가를 대하는 순간순간들이 모여, 나의 인격을 형성한다.'라는 사실을 확실히 알고 있기 때문입니다.

모든 사람들에게 친절할 필요는 없지만, 모든 사람들을 존중할 필요는 있습니다.

고마운 사람

(

다른 사람의 글에 마음을 쏟을 줄 아는 사람은
마음이 넓은 사람입니다.

글은 말을 옮겨 적은 것이라
애쓰지 않으면 쉬이 들리지 않습니다.

그럼에도 불구하고
기꺼이 귀한 마음 내어주는 당신은

한없이
고마운 사람입니다.

처음은 어디일까?

C

조금은 부끄러운 이야기를 하나 할까 합니다. 언젠가 인스타그램에 오랫동안 마음에 품고 있던 문장을 적어 올린 적이 있습니다. 그 문장은 이렇습니다.

내가 좋아하는 사람이 나를 좋아해주는 건 기적이야.

생텍쥐페리, 《어린왕자》 중에서

올리고 나니, 많은 분이 공감해주셨습니다. 제가 좋아하는 문장을 다른 사람들도 좋아해주니 금세 기분이 즐거워지더라고요. 그런데 문득 이런 궁금증이 들었습니다.

'잠깐만, 근데 이 문장 《어린왕자》에 진짜 있던 문장 맞나?'

《어린왕자》는 어렸을 때, 대학생 때, 그리고 서른이 넘은 최근까지 총 세 번을 읽었습니다. 한데, '내가 좋아하는 사람이 나를 좋아해주는 건 기적이야.'라는 문장이 조금 낯설게 느껴졌습니다. 있었던 것 같기도 하고, 없었던 것 같기도 하고⋯. 애매했습니다.

사실, 평소 공감하던 문장을 인터넷에서 만나, 또 그 문장이 '어린왕자에 나왔다고 하길래' 조금의 망설임도 없이 제 인스타그램 계정에 업로드를 했던 거죠. 단지 그뿐이었습니다. 하지만 막상 피드에 올리고 나니, 머리에 물음표 생긴 겁니다. 이 문장이 《어린왕자》에 정말로 나오는 말인가, 아닌가 하는.

하지만 그런 고민도 잠시뿐이었지요. 금세 이런 생각이 들었습니다.

'에이, 설마 사람들이 근거도 없이 벽화도 그리고, 캘리그라퍼도 만들고 했겠어? 분명 책 어딘가에 나온 문

장일 거야. 내가 놓친 거겠지.'

그럼에도 찜찜함은 사라지지 않고 계속 남아 있었습니다.

'아 찜찜해! 한번 찾아보지 뭐!'

저는 몸을 일으켜 책장에서 《어린왕자》를 뽑아 들었습니다. 한동안 책을 뒤적이며 그 문장을 열심히 찾아보았습니다. 한데 아무리 눈을 씻고 찾아도 '그 문장'은 찾을 수 없었습니다. 몇 번이나 다시 읽어 보았지만 결과는 같았죠. '내가 좋아하는 사람이 나를 좋아해주는 건 기적이야.'라는 문장은 《어린왕자》에 없었습니다. '출판사마다 번역이 달라서 그런가?'라는 생각이 들어 다른 출판사들의 책도 구매해서 살펴보았지만 역시 없었습니다.

갑자기 무서워지더라고요. '어린왕자 명언으로, 어린왕자 캘리그라피로, 심지어 벽화로 까지 만들어진 '그 문장'은 도대체 어디서 튀어나온 문장이란 말인가!' 하는 생각이 들어서요.

오기가 생겼습니다. '그 문장의 출처 찾기'에 진심이 된 거지요. 저는 노트북을 펼쳐 들고 구글링을 시작했습니다. 일단 생텍쥐페리가 쓴 《어린왕자》에 나오지 않는 문장인 건 확실한 것 같고….

어쩐지, 금방 찾은 것 같습니다. "2015년 프랑스에서 만든 애니메이션 영화 〈어린왕자〉의 대사예요!"라는 누군가의 글을 보았거든요. 사실 파악을 위해 서둘러 네이버에서 "어린왕자 영화"를 검색했습니다. 2015년에 나온 프랑스 애니메이션이 정말 있었습니다. 상세 정보를 보니 명대사를 적는 칸에 '내가 좋아하는 사람이 나를 좋아해주는 건 기적이야'라는 대사도 적혀 있네요. 추천도 마흔네 개나 달려있습니다. 아무래도 제가 찾던 '그 문장'의 맨 처음이 이 영화가 맞는 것 같습니다. 이렇게도 쉽게 해결되다니, 참 다행이란 생각이 듭니다.

웃으면서 영화를 켜고 재미있게 끝까지 다 보았습니다. 한데 이게 어찌 된 일일까요? 제가 찾던 '그 문장'은 쿠키 영상이 나올 때까지도 나올 생각이 없어 보였습니다. '좋아하는 사람'이나 '네가 좋아' 같은 얼추 비슷한 대사조차 나오지 않았죠. '내가 놓친 걸까?' 싶어서 다시 한번 영화를 보았습니다만 역시, '그 문장'은 나오지 않았습니다.

허탈했습니다. 이제 제 가슴은 오기를 넘어서 '반드시 찾고 말겠다!'라는 마음으로 불타오르기 시작했지요. 이제는 이유 따위는 중요하지 않습니다. 반드시 그 문장의 출처를 찾아야겠습니다. 인터넷을 다시 뒤지기 시작했습니다. 그러다 네이버 지식인에서 한 답변을 보게 되었습니다. 2004년도에 문서영 작가가 쓴 《소금편지》라는 에세이에 이 문장이 나온다는 얘기였지요.

일말의 고민도 없이 《소금편지》를 주문했습니다. 다음 날 책이 도착했고 저는 서둘러 책을 읽어보았습니다. 꼼꼼히 다 읽어봤지만, 제가 찾던 문장은 없었습니다. 허탈감이 밀려왔지만 여기까지 와서 포기하긴 싫었습니다. 2000년대 초반에 작성된 웹 페이지까지 뒤져가며, 그 문장이 '언급이라도 된' 책들을 이리저리 찾아다녔습니다. 2004년에 최연순 님이 엮은 《카네기 명언집》에 관련 내용이 있다길래 사서 보았지만 제가 찾던 문장이 아니었습니다. 출처도 생텍쥐페리의 《어린왕자》였죠. 그리고 이종선 작가가 2009년에 쓴《멀리 가려면 함께 가라》라는 책에는 제가 찾던 문장이 있었지만, 역시 출처는《어린왕자》였습니다.

저는 슬며시 노트북을 닫았습니다.

여기 우리가 잘 아는 유명한 명언이 있습니다. '너 자신을 알라' '악법도 법이다.'라는 명언이지요. 지금껏 저는 이 명언들을 소크라테스가 가장 처음 한 말이라고 알고 있었습니다. 그러나 '너 자신을 알라'라는 말은 그리스 델포이 신전의 기둥에 새겨져 있는 글귀이지, 소크라테스가 처음 한 말은 아니라고 합니다. '악법도 법이다.'라는 말도 1930년대 경성제국대학 법철학 교수 오다카 도모오가 본인의 저서《법철학》에서 처음 쓴 말이지, 정작 소크라테스는 그런 말을 한 적이 없다고 하고요.

영화 〈터미네이터2〉를 보신 분이라면 마지막에 아놀드 슈워제네거가 용광로에서 엄지손가락을 치켜들며 하는 말을 기억하실 겁니다. 바로 'I'll be back!' 근데,

그게 실은 "Good bye"라고 합니다. '응? 뭐야! 뭔 소리야? I'll be back이잖아.'라고 저도 외쳤습니다만, 영화를 다시 보니, Good bye가 맞더군요. ('I'll be back'은 다른 장면에서 나오더라고요.)

문득 '내가 '정말'이 아닌 것들을 '정말'이라고 믿고 있는 게 얼마나 될까?'라는 생각이 듭니다. 만약 어린왕자가 살아있다면, 소크라테스가 살아있다면, 터미네이터의 T-800이 살아 있다면, "나 그때, 그런 말 안 했어!"라고 저에게 화를 낼지도 모르겠네요.

저에게는 '그렇구나. 그게 자연스럽지. 있을 법한 이야기야.' 하다가 어느새 진짜라고 믿게 된 기억들이 참 많습니다. 전부 출처 모를 기억들이죠.

생뚱맞게 고백 하나 하자면, 저의 MBTI는 'INFP'입니다. 통상적으로 말하는 내향적인 사람이지요. 갑자기 궁금해집니다. 나는 언제부터 '난 부끄러움이 많은 사람이야.'라고 믿어 왔을까? 그 마음이 맨 처음 기록된 곳은 어디일까? 과연 출처가 있긴 한 걸까? 또 나는 언제부터 '나란 사람은 남 앞에 서는 걸 두려워하는 사람이야.'라고 믿어온 걸까? 그런 마음이 처음 기록된 곳은 어디일까? 과연 출처가 있긴 한 걸까?

이제야 비로소 '그동안 진짜라고 믿었던' 내 마음을 구성하는 것들에 물음표를 붙여볼 수 있을 것 같습니다. 어쩐지 오늘 산책에서는 주변 풍경들을 많이 놓칠 것 같습니다.

비싸게 사서 싸게 파는 호구

(

－탈퇴한 회원입니다.

자전거로 한참을 달려 약속 장소에 도착하니 상대의
프로필에는 그렇게 적혀 있었습니다. 영하의 찬 바람이
연신 얼굴을 때렸지만, 허탈한 표정으로 스마트폰을 멍
하니 바라볼 수밖에 없었지요.

요즘 저는 '당근마켓'이라는 애플리케이션을 즐겨 사
용합니다. 한때는 네이버 카페 '중고나라'를 많이 사용하
곤 했는데, 집 근처에서 간단하게 거래할 수 있는 편의성
때문에 '당근마켓'을 더 많이 사용하게 되었습니다.

어느 날 아침, 출근길에 당근마켓을 뒤적이다가 마음
에 두고 있던 게임기를 제법 싼 가격에 파는 게시물을

보게 되었습니다. '오!' 하는 표정으로 그 게시물을 터치했습니다. 제법 가까웠습니다. 자전거로 십오 분이면 충분히 갈 수 있는 거리여서 '운동하는 셈 치고 다녀오면 되겠다!' 싶어 바로 판매자에게 쪽지를 보냈죠.

다음은 일사천리였습니다. 몇 번의 대화로 만날 시간과 장소를 정했고, 퇴근 후에 제가 판매자님이 사는 동네로 가기로 약속을 정했습니다. 어느새 얼굴엔 미소가 걸렸습니다. 비교적 싼 가격에 좋은 물건을 살 수 있게 되었으니까요. 일하는 내내 기분이 좋았습니다.

퇴근 시간이 되자 저는 설레는 마음에 저녁도 거른 채 자전거 페달에 발을 올렸습니다. 추운 날씨였지만 열심히 자전거 페달을 돌리니 몸이 금세 따뜻해지는 게 느껴졌습니다. 늦을까 봐 일찍 출발한 탓일까요? 생각보다 빨리 약속 장소에 도착할 수 있었습니다.

한데, 왜인지 약속 시간을 한참 넘긴 시간까지 판매자님은 오지 않았습니다. 당근마켓 대화창에도 여러 번 메시지도 남겼지만 답장은 오지 않았죠. 처음에는 애플리케이션 오류인 줄 알았습니다.

한 이십 분 정도 기다렸을까요? 여전히 대화창에는 "어디세요?" "오고 계신가요?" "님님" 하는 제 외침 말고는 아무런 대답도 없었습니다. 발을 동동 구르다가 혹시나 하는 마음으로 판매자의 프로필을 눌러보았습니다. 그제야 상대방이 '당근마켓'을 탈퇴했다는 사실을 알게 되었죠.

"……."

화가 치밀었습니다. 아무리 얼굴도 모르고, 애플리케이션에서 처음 연락을 주고받았다고 하지만, '어떻게 사람을 이런 엄동설한에 헌신짝처럼 내팽개칠 수 있을까?'라는 생각이 들어 괘씸했습니다. 그리고 '얼마나 비싸게 팔겠다고 탈퇴까지 했어?' 하는 혼자만의 짜증 섞인 오해의 마음도 생겼고요.

그렇지만 잔뜩 화를 내고 답답해한다고 해서 사라진 판매자가 '뿅!' 하고 나타날 리는 없었죠. 저는 당혹스러운 마음을 추스르고 다시 집을 향해 자전거 페달을 천천히 굴렸습니다.

구겨진 표정으로 집으로 가고 있는데, 문득 '한 사람'이 머릿속에 떠올랐습니다. 저는 놀란 표정으로 자전거를 내팽개치고 스마트폰을 뒤적였습니다.

8년 전쯤이었을 겁니다. 전동 스케이트보드를 사고 싶었지만, 취업준비생 신분이라 망설이고 있었죠. 그러던 중 네이버 카페 '중고나라'에서 좋은 제품을 제법 싼 가격에 팔고 있는 글을 발견하게 되었습니다.

돈이 궁했지만 저는 괜히 우물쭈물하다가 싸고 좋은 물건을 놓치고 싶지 않았습니다. 망설임 없이 바로 연락을 했죠. 우리는 4호선 미아역에서 만나기로 했습니다. 거리는 꽤 멀었지만, 전동 스케이트보드를 싸게 살 수 있다는 마음에 경기도에서 서울로 한달음에 달려갔습니다.

"안녕하세요!"

판매자님에게 인사를 건네고 얼굴을 들자 '산. 적.'이란 두 글자가 머리 위로 떠올랐습니다. '깡패는 아니겠지?' 같은 미친 생각을 하고 있을 때 판매자님이 저에게 인사를 건넸습니다.

"네, 안녕하세요. 중고나라 맞으시죠?"

"네네. 맞아요. 돈. 여기 있습니다."(뺑 뜯기는 기분이라 빨리 드리려 했습니다.)

"아아, 뭐 이리 급해요. 멀리서 오셨는데 커피 한잔 들고 공원으로 가서 천천히 살펴보자고요."

"아, 그래도 되나요? 제품만 보고 가도 되는데…."

그분은 괜찮다는(잔뜩 쫄아 있는) 저를 보고 호탕하게 웃으며 커피숍 쪽으로 저를 이끌었습니다. 우리는 커피한 잔씩 손에 들고 근처 공원으로 향했습니다.

"전동보드 타보셨어요?"
"아뇨, 한 번도 타본 적 없어요. 집에 가서 천천히 연습해봐야죠."

"아, 그럼 제가 지금 타는 법 조금 알려드릴게요."

그분은 제가 어느 정도 보드를 탈 수 있을 때까지 공원에서 타는 법을 알려주셨습니다. '탈 때는 항상 뒷발에 힘을 줘야 한다. 리모컨은 아주 살살 잡아당겨야 한다.' 등 여러가지 팁도 주면서요.

"무엇보다 안 다치시는 게 제일 중요해요. 이거 생각보다 꽤 위험하거든요."

종국에는 저의 안전까지 걱정해주시면서 어떤 사이트에서 어떤 보호구를 사야 하며, 또 어떤 제품이 싸고 좋은지까지 세세히 알려주었습니다. 첫인상만으로 무서운 사람이라고 섣불리 판단했던 제 자신이 부끄러워지는 순간이었죠.

얼추 제가 스케이트보드를 탈 수 있게 되자, 우리는 근처 벤치에 앉아 사 온 커피를 마시며 이런저런 얘기를 나눴습니다.

"안양에 산다고요? 와! 저 일 년 전까지 직장이 안양이었어요. 프로그래머였죠. 이런 우연이 있나!"

알고 보니 제가 사는 안양에서 프로그래머로 근무를 했었다고 합니다. '지금은 그곳에서 일하지 않지만 그때 참 즐거웠다. 거기서 일하는 게 나름 행복했다. 지금은 슬럼프가 와서 잠깐 쉬고 있다.'라고 말하며 씁쓸하게 이야기를 끝마쳤죠. 그분이 속 깊은 이야기를 하기에 저도 자연스럽게 제 얘기를 꺼내놓게 되더라고요. 지금은 취업 준비 중이고, 곧 취업을 꼭 할 거라고 말이죠.

"취업해야 되는데 전동 보드 타면서 놀아도 돼요?"

"그, 그러게 말이에요. 헤헤…."

그렇게 초여름의 선선한 공원에서 처음 만나는 남자 둘이 웃으며 대화를 나눴습니다.

어느덧 시간이 꽤 늦어 돌아가려는 찰나, 그분이 저를 보고 이렇게 말했습니다.

"멀리까지 오셨는데, 52만 원만 주세요. 8만 원 깎아 드릴게요."

"아, 아니에요! 가뜩이나 싸게 파시는 거잖아요. 다 받으세요. 그리고 타는 법도 알려주시고, 이렇게 커피까지 사주셨는데 당연히 다 드리는 게 맞죠."

"에이~ 그런 말 말아요. 안양 사는 동생 만났는데 다 받을 순 없어요. 다음에 한번 놀러 갈게요. 취직하면 그때 술 한잔 사요. 그럼 돼요."

집으로 돌아가는 길에 문득 그 사람이 떠오른 겁니다. 긴장되는 마음으로 예전 중고나라 거래 목록을 빠르게 뒤져보았습니다. 하지만 '전동보드', '스케이트보드' 같은 단어로 아무리 찾아보아도, 8년 전에 그분이 올린 게시물은 찾을 수 없었지요. 갑자기 가슴이 한켠이 저며

왔습니다. 까맣게 잊고 있었습니다. 취업하면 그분한테 술 한잔 사기로 한 것을⋯.

언제부턴가 저에게는 중고 장터에 물건을 팔 때, 저렴하게 파는 습관이 생겼습니다. 친구들은 제가 오래전부터 중고 제품을 싼 가격에 팔고 있다는 걸 알고는 저를 보고 '비싸게 사서 싸게 파는 호구'라고 놀립니다. 회사 동료들은 우스갯소리로 내 뒤에서 입 벌리고 있겠다고 하고요. 그러면 저는 그냥 웃습니다.

가끔은 저도 그런 제가 '호구'처럼 느껴지기도 합니다. 그러나 제 마음은 처음 보는 저에게 그런 친절을 베풀어주던 그때 그 사람을 닮고 싶은가 봅니다. 그게 진짜 행복처럼 보이나 봐요. 그래서 남들에게 호구처럼 보이는 걸 알면서도, 여전히 이러고 있는 것 같습니다.

말 줄임표

(

-밥 잘 챙겨 먹어… 인스턴트 많이 먹지 말고…

-엄마, 예전부터 궁금했는데, 왜 문자 보낼 때 꼭 '…'
을 붙여?

엄마는 이렇게 대답했다. 말이 부드러웠으면 해서 쓴
다고. 그윽한 표정 대신이라고.

아 그렇구나. 친구한테 써먹어 봐야지.

-야… 뭐해… 놀자…
-왜 이래? 무슨 일 있냐?

-아니 얼굴이 안 보이니까, 부드러운 표현 대신
이야…

-뭔 헛소리야.

-뭔가 청초해 보이지 않냐…?

-아니, 미친놈처럼 보여.

아무래도 '…'은 나랑 잘 안 맞는 것 같다.

유튜브를 하다 종종 "안녕하세요… 잘 듣고 있어요…
고마워요. 덕분에 잘 자요…"라는 댓글을 받으면, 부드
러운 사람의 얼굴이 보인다.

심장이

따뜻해진다.

좋은 사람이 되는 가장 쉬운 방법

C

자취를 시작한 뒤로 편의점 도시락으로 끼니를 때우는 날이 늘었습니다. 특별히 약속이 없거나 밥을 해 먹기가 귀찮을 때, 편의점 도시락만큼 간편한 것도 없기 때문이지요.

그때마다 저는 '좋은 사람'들을 만납니다. 계산대로 내민 도시락을 커다란 봉투 안에 수평으로 담아주는 마음씨 좋은 사람들을.

'그건 당연한 거 아닌가?' 하는 생각이 드실 수도 있을 겁니다. 그러나 편의점 도시락을 자주 구매하는 사람이라면 알 겁니다. 넓적한 도시락을 손바닥만 한 봉투에 담아주는 점원들도 제법 많다는 걸요…. 그리고 그렇게 담긴 봉투를 들고 집으로 향하는 사람의 포즈는 꽤 볼

만해진다는 걸 말입니다.

편의점 도시락이 가까스로 담긴 조그만 봉투의 손잡이를 생각 없이 들면 큰일입니다. 도시락이 흔들려 자칫하면 그 안의 음식물들이 제멋대로 섞여버리기 때문이지요. 봉투를 가로로 눕힌 채 갓 태어난 아기 다루듯두 손으로 조심조심 받쳐 들고 가야만 합니다. 그래야자취방 전자레인지까지 안전한 배송이 가능하지요.

그런 '일련의 과정'을 머릿속에 그려보면, 큰 봉투에수평으로 담아주는 그 작은 배려가 너무도 따뜻하게 느껴집니다. 세상에는 도시락 안의 음식이 자기들끼리 섞이지 않게, 그리고 제가 집까지 들고 가는 과정을 생각해서 큰 봉투에 담아주는 점원들이 있습니다. 부끄러워서 '큰 봉투에 담아주세요….'라는 말을 못 하는 저를 위해서 말하지 않아도 그렇게 넣어주는 배려심 넘치는 사람을 만나면, 가슴은 절로 이렇게 외치고 있습니다.

'아! 좋은 사람!'

그런 사람이 좋은 사람이 아니라면, 도대체 누가 좋은

사람일까요?

종종 그런 점원을 만날 때면 가게를 나가는 발걸음에서부터 저절로 힘찬 인사를 장전합니다.

"감사합니다!! 많이 파세요!!"

제 우렁찬 인사에 점원도 흐뭇한 미소로 답합니다.

"고맙습니다! 조심히 들어가세요!"

별것 없습니다. 상대에게 베푸는 사소한 배려. 그것이 좋은 사람이 되는 가장 쉬운 방법인 것 같습니다.

간밤엔 당신이라는
무척 아름다운 꿈을 꿨어요

chapter 03

꽃집에 들렀습니다

(

난생처음 꽃집에
들렀습니다.

마음을 담은
꽃다발을 만들기 위해

가벼운 발걸음으로
꽃을 하나, 둘 모으다 보니

품 안은 어느새
당신을 닮은 것으로 가득합니다.

사랑이 나에게 질문을 던질 때

(

청소와 빨래를 끝내고 달리 할 일이 없는 주말이면, 으레 홀로 집 앞 영화관으로 걸음을 옮기곤 합니다. 그러면 그날은 혼자 커피숍에 앉아 아까 본 영화에 대해 노트북에 끄적이는 날이 되지요.

언젠가 홀로 영화관에서 〈서복〉이라는 영화를 보았습니다. 그날은 영화를 보고 나서 평소보다 오래 카페에서 노트북을 두드린 것 같습니다.

그 영화가 저와 닮아 있었거든요.

영화는 전직 정보부 요원 민기헌(공유 분)을 중심으로 이야기를 풀어갑니다. 민기헌은 시한부 선고를 받은 사람으로, 옛 연인을 지키지 못한 죄책감 때문에 폐인처럼 살아가고 있지요. 그리고 서복(박보검 분)은 복제 인간입니다. 인간이 죽지 않는 기술을 개발하기 위해 만들어낸 실험체입니다. 영화는 민기헌이 서복을 처치하려는 세력으로부터 그를 피신시키는 장면에서 시작합니다. 열심히 도망 다니던 그들은 결국 서복을 해하려는 세력에게 발각되고 말지요. 그들은 권총으로 서복을 없애려 합니다. 갑자기 그때, 다가오는 죽음을 마주하기 싫어서 서복을 피신시키는 일에 협력하기로 한 민기헌이 총을 막아섭니다. 그리고 서복을 죽이려면 자신 먼저 죽이라는 듯 결연한 표정으로 총을 피하지 않지요.

후에, 살아남은 서복이 바닷가에 앉아 민기헌에게 묻습니다.

"그때, 왜 피하지 않았어요?"

서복의 그 한마디 말에 저는 지난날의 아픈 기억 속으로 빨려들어가고 말았습니다.

7년 전, 여자친구와 대천 해수욕장으로 여행을 간 적이 있습니다. 운전면허를 따고 첫 장거리 운전이라서 조금은 떨렸지만, 그래도 큰 탈 없이 예약한 숙소에 도착할 수 있었지요. 짐을 풀고 창밖으로 넓게 펼쳐진 해수욕장을 바라보니 탁 트인 바람이 불어왔습니다. 실로 오랜만에 느껴보는 여유였지요. 여자친구와 만난 지 일년이 훌쩍 넘었지만, 둘다 사회초년생인지라 회사 적응을 핑계로 둘만의 여행을 차일피일 미뤄왔었거든요.

우리는 사람들이 뛰어다니는 바다로 향했습니다. 모래사장에서 기념으로 남길 사진을 찍고, 푸른 빛이 반짝이는 바다로 들어갔지요.

수영을 전혀 할 줄 몰랐지만, 그런 건 저에게 별 상관이 없었습니다. 발만 땅에 닿으면 괜찮다고 생각했으니까요. 때문에 여자친구에게 수영을 못한다는 말은 따로 하지 않았습니다.

그녀와 저는 별도의 구명조끼 없이 튜브 하나에 몸을 의지한 채, 즐거운 시간을 보냈습니다.

얼마쯤 지났을까요? 여자친구가 저에게 더 깊은 곳으로 가자고 제안을 하더라고요. 조금 망설여졌지만, 믿음직한 튜브가 있었기 때문에 그녀의 제안에 흔쾌히 응했습니다.

우리는 발이 땅에 닿지 않는 곳으로 몸을 움직여 나아갔습니다. 그런데 그때….

"어?"

튜브를 놓치고 말았습니다. 찰나의 순간이었죠. 튜브는 어느새 우리의 발이 땅에 닿지 않는 곳으로 떠내려갔습니다. 해수욕장의 안전 경계선 너머로 떠내려가는 튜브를 멍하니 바라보며, '포기'라는 단어를 떠올리고 있을 때, 갑자기 여자친구가 그곳을 향해 헤엄치기 시작했습니다.

"어? 가지 마!!"

여자친구는 다급한 제 목소리를 듣지 못한 건지, 아니면 자신의 수영 실력에 자신이 있었던 건지, 넘어가지 못하게 쳐놓은 안전 경계선 너머로 열심히 헤엄쳐 들어 갔습니다. 그리고 곧 우리가 놓쳤던 튜브를 잡아내더라 고요. 한데 그곳의 물살은 그녀가 생각한 것보다 거셌 던 모양입니다. 여자친구는 간신히 잡아낸 튜브를 놓쳤고, 파도에 휩쓸려 가라앉았다가, 또 올라왔다가를 여러 차례 반복했으니까요.

저는 순간적으로 사고가 났음을 알았습니다. 겁에 질려 주위를 둘러보았습니다만, 주위 사람들 역시 모두 놀란 표정만 짓고 있을 뿐, 그 누구도 그녀를 구하기 위해 선뜻 나서는 이는 없었지요.

순간, 머릿속에는 '가야 한다. 내가 가야 한다고!'라는 소리가 메아리치고 있었지만, 수영을 할 줄 모르는 몸은 돌처럼 굳어서 말을 듣지 않았습니다. 본능적으로 죽기 싫다고 소리치고 있었지요. 정말 미칠 노릇이었습니다. 이런 생각을 할 시간도, 머뭇거릴 잠깐도 없었으니까요. 그런데 부끄럽게도 끝끝내 제 몸은 움직일 줄 몰랐습니다.

그때 저 멀리서 빠른 속도로 한 보트가 미끄러져 달려왔습니다. 해수욕장을 지키던 해상 안전팀이었지요.

보트에서 구조요원이 바다로 뛰어들었고, 보트에서 던진 튜브를 잡고 둘은 배 위로 올라갈 수 있었습니다. 여자친구는 배 위에서 몇 번의 헛구역질을 하더니 이내 괜찮다고 말했지요.

그날 저녁, 여자친구와 앉은 조개구이집에서도 저는 계속 멍한 얼굴일 수밖에 없었습니다. 평소라면 먹음직스러운 조개구이를 누구보다 맛있게 먹었을 텐데. 저는 멍하니 생각만 하고 있었습니다.

'내가 구하러 올 거라고 믿었을 텐데….' '내가 미리 수영을 못 한다고만 말했어도 그녀가 무리하게 그쪽으로 가지 않았을 텐데….' '나는 왜 그녀를 향해 뛰어들지 못했을까…. 단순히 수영을 못 했기 때문일까?'

저는 그런 생각을 곱씹으며 자기혐오에 빠져 있었고, 여자친구는 오히려 그런 저를 다독였습니다. 정말이지 부끄러웠습니다. 여자친구를 구하기 위해 뛰어들지 못한 제 자신이 정말이지 죽고 싶을 정도로 창피했습니다.

모든 게 그 일 때문은 아니었지만, 그 일이 있고 얼마 지나지 않아 그녀와 이별을 했습니다. 그리고 꽤 오랜 시간 동안, 그 누구에게도 사랑한다고 말하지 못했지요. 그날 본 '저라는 사람'은 '내가 사랑하는 한 사람'조차 지켜낼 수 없는 나약한 존재였기 때문입니다.

어릴 적, 어머니는 "물에 엄마랑 아빠랑 둘이 빠지면 누구 먼저 구할 거야?" 하며 저에게 장난스러운 질문을 던지곤 했습니다. 그때마다 저는 "아빠 엄마 둘 다 구할래!"라며 자신 있게 대답하곤 했었지요. 하지만 실제로 그런 상황이 벌어지자 제 몸은 돌처럼 굳어버리고 말았습니다. 그 기억에서 퍼져나간 자기혐오의 감정은 오랫동안 저를 괴롭혔습니다. 그 기억이 떠오를 때마다 끙끙거리며 슬픔을 실감할 수밖에 없었습니다.

그로부터 7년이 지난 지금, 주말 오후의 카페에서 영화 〈서복〉에 대한 감상을 쓰면서, 그날의 기억을 떠올립니다. 그리고는 서복을 겨눈 총을 막아선 민기헌의 심정을, 그 이유를 제 마음대로 해석하고 있습니다.

'사랑하는 사람을 외면하고, 홀로 살아남은 생은 생이 아니다.'

과거 자신의 잘못된 선택으로 사랑하는 사람을 잃어본 민기헌은 아마도 매 순간, 그때를 후회하며 폐인처럼 살아왔을 겁니다. 그것과 완전히 동일한 감정이라고는 말할 수 없겠지만, 저의 '바다에서의 기억'도 제게 비슷한 감정을 주었습니다. 그리고 그 감정은 자주 저에게 이렇게 묻습니다. '같은 상황이 오면, 너는 또 같은 행동을 할 거지? 또 굳어버릴 거지?'라고요. 그동안 그 기억이 제게 그런 물음을 던질 때마다, 저는 우물쭈물대며 아무런 대답도 내보이지 못했습니다.

그러나 이제는, 이렇게 대답할 것입니다.

'그때는 처음 맞닥뜨린 문제에 어떤 답도 내보이지 못했지만, 그 문제가 다시 출제된다면 그때는 망설임 없이 나의 답을 적어 낼 거야.'

초록의 숲

（

가끔 네 눈을 가만히 들여다보고 있으면 초록의 숲에 맨발로 서 있는 기분이야. 마치 세상은 원래 이렇게 푸르고 아름다운 곳이었는데, 그동안 내가 눈을 쓰는 방법을 모르고 살아온 기분이랄까? 그런 생각이 들어.

초록의 숲을 알게 된 후에 내가 가진 모든 것들은 의미를 잃었어. 아무래도 별 상관없을 것 같아. 더 이상 이 숲에 머무는 일 말고는 내게 중요한 일은 없으니까. 그러다 너도 나처럼 초록의 숲을 보면 좋을 것 같다는 생각이 들었어. 네가 다른 사람들에게 보여주는 아름다운 세상을 정작 네가 볼 수 없다는 건 매우 안타까운 일이니까 말이야.

그래서 나는 요즘 태어나서 한 번도 해본 적 없는 일을 꾸준히 해오고 있어. 그 일은 자그만 초록 나무들을 조금씩 내 안에도 심어보는 일이야.

언젠가 네가 내 눈을 가만히 들여다보는 날이 오면, 초록의 너에게도 보여주고 싶어. 네가 품고 있는 나무들을 닮은, 정성껏 가꿔온 내 초록의 숲을 말이야. 그리고 너에게 고맙다고 말할 거야. 변하게 해줘서 고맙고. 더 나은 사람이 될 수 있게 해 줘서 고맙다고. 너를 바라보면서, 그렇게 말할 거야.

몰래 쓴 편지

(

2020년 말, 매서운 추위가 한창이던 어느 날, 한 통의 메일을 받았습니다. 그 메일의 내용은 이렇습니다.

To. 따듯한 목소리 현준님

안녕하세요. 현준님. 저는 현준님을 잘 알지 못합니다. 제 아내가 매일 밤 잠들기 전이나, 마음 편히 쉬고 싶을 때 항상 함께하는 영상을 제작하고 계시다는 것 말고는요. 잘 알지 못한다고 하면서 뻔뻔하게 메일을 보내는 이유는 매일 같이 현준님의 영상을 보면서 즐거워하는 아내 때문입니다.

도심에서 생활하는 사람이라면 누구나 공감하시겠지만, 저희도 아침 일찍 출근해서 밤늦게까지 일하고 지친 몸으로 퇴근하는 게 일상이었습니다. 그렇게 하루를 모두 더해 꼬박 몇십 년을 함께 해온 서울에서 벗어나 몇 년 전부터 이곳, 강릉에서 살고 있습니다. 비록 경제적인 여유는 그때보다 못하지만, 천천히 그리고 가득 채워 살지 않아도 되는 이곳에서의 하루하루는 저희에겐 큰 행복입니다.

언제부턴가 아내는 미뤄왔던 글 쓰는 일과 사진 찍는 일을 하고 있습니다. 아이가 한발 한발 걸음마를 떼듯, 강릉의 풍경들을 그림과 글로 하나둘 기록하기 시작하더니, 어느새 강원 문화재단의 지원을 받아 시집 한 권을 출간하게 되었습니다.

요즘처럼 책을 많이 찾지 않는 시대에, 그것도 시라니! 아내 옆에서는 어차피 팔리기 어려우니 큰 기대는 하지 말라고 이야기했지만, 애타는 속은 '어떻게 하면 작은 도움이라도 될 수 있을까?' 고민하게 됩니다. 몇천 부, 몇만 부 팔렸다고 하는 유명 작가들과 비교하기엔 작디작은 오백 부이지만, 그 숫자도 저희에게는 커 보이네요.

그런 고민 끝에 문득 아내가 좋아하는 현준님이 떠올랐습니다. 물론 책이 홍보가 되는 것에도 큰 도움이 되겠지만, 매일 보는 현준님의 영상에서 자신의 글이 언급되는 걸 본다면, 제 아내는 마치 어릴 적 보물찾기에서 1등 보물이라도 찾은 아이처럼 좋아할 것 같습니다.

그동안 좋은 영상 제작해주셔서 감사하다는 말, 제 아내를 대신해서 전합니다. 사실 저에게는 여기까지 읽어주신 것만으로도 큰 위로와 도움이 될 것 같아요.
하루하루 행복하시길 바라봅니다. 감사합니다.

처음 보는 사람의 처음 보는 글인데, 하마터면 눈물이 날 뻔했습니다. 말에서 진심이 느껴진다는 게 이런 글을 보고 하는 말인가 싶었거든요. 아내의 웃는 모습을 보기 위해서 한 자, 한 자 문단까지 나눠가며, 정성스레 키보드를 두드리는 한 남자의 뒷모습이 보이는 것 같았습니다.

한 편의 작품 같은 편지를 받고 뭉클해진 저는, 서둘러 인터넷에서 책을 주문했습니다. 며칠이 지나 자그마하고 예쁜 시집 하나가 현관 앞으로 날아들어 왔죠. 책의 제목은 《새 노랫소리, 바람 한 줌, 하얀 들꽃》이었습니다. 제목에서부터 여유가 느껴지는 책이었습니다. 분홍색 표지를 조심스레 넘기자 강릉의 고즈넉한 풍경들이 제 눈을 사로잡았습니다. 작가분의 평소 결이 느껴지는 문장들과 사진들을 보고 있자니, 작년 여름, 경포대를 거닐던 추억이 새록새록 떠오르더라고요.

"열흘간의 강릉 여행을 통해 새로운 삶을 살고 있어요. 태어나고 자라온 서울 생활을 정리하고 2017년 여름부터 강릉에 살게 된 서울 사람입니다."

본격적으로 읽어보자는 마음에 책상 스탠드를 켜고, 작가 소개란부터 읽는데 가슴이 먹먹해졌습니다. 며칠 전, 남편이 보낸 편지의 한 구절이 떠올랐기 때문입니다.

비록 경제적인 여유는 그때보다 못하지만, 천천히 그리고 가득 채워 살지 않아도 되는 이곳에서의 하루하루는 저희에겐 큰 행복입니다.

이상한 기분이 들었습니다. 이 기분을 뭐라고 표현하면 좋을까요? 부럽다고 해야 할까요? 아니면 대단하다? 뭐라 콕 집어 말할 수 없는 감정이 살짝 심장에 피어올랐다가 이내 사라졌습니다. 이윽고 물음표 하나가 머리 위로 떠올랐습니다.

'둘은 어떻게 모든 걸 내려놓고 떠날 수 있었을까?'

분명, 도심에서 살다가 연고도 없는 강릉으로 훌쩍 떠난다는 건, 말처럼 쉬운 일이 아니었을 겁니다. 당장 먹고사는 일부터 시작해서 부모님을 설득하는 일까지, 많은 고난과 역경들이 있었을 테지요. 하지만 그런 제 우려와는 달리 문장 속에서 그녀는 누구보다 행복해 보였습니다. 사랑하는 사람과 하는 동행이 행복한 듯, 글 속에서 웃음 짓고 있었습니다.

어쩌면 둘은 함께 강릉으로 떠나는 것으로써, 서로에 대한 진심을 확인했을지 모릅니다. 행복을 주었던 도심에서의 일상이었지만, 그래도 너라면, 당신이라면, 가진 걸 내려놓을 수 있을 것 같아 떠나게 되었을지도 모르죠. 이토록 낭만적인 둘을 상상하며, 저도 모르게 노란 스탠드 불빛 아래에서 부러운 얼굴이 되었습니다.

이윽고 책의 마지막 장을 덮는 순간 책이 저에게 물어옵니다. 그들처럼 손에 쥔 욕심을 놓아버릴 수 있는 용기가 있는지를요. 머쓱한 미소만 입가에 걸립니다. 저에게는 그럴 용기가 없거든요. 가지고 있는 것을 내려놓을 자신도 아직 제겐 없습니다. 하지만 저는 그들이 책에서 짓는 미소를 통해 무언가를 보았습니다. 그들과는 반대로 욕심으로 가득 찬 가방을 메고 무감각한 표정으로 걷고 있는 제 모습을요. 그 모습으로 갑자기 '툭' 하고 쓰러져 버린다면 너무나 슬플 것 같습니다.

저도, 할 수 있을까요? 그들처럼 내려놓을 수 있을까요? 행복해지고 싶습니다. 욕심과 내려놓음 사이에서 이제 그만, 제 중심을 잡고 싶습니다.

벚꽃잎

C

눈물이 날 만큼
눈부신 날입니다

벚꽃이 만개한 벤치에 앉아서
당신과 사랑 노랠 듣습니다

벚꽃을 보며 감탄하는 당신을 보고 있으면
바람에 나부끼는 벚꽃잎 같은 마음이 됩니다

부디 시간이 저에게서
당신을 데려가지 않았으면 하고

부디 이 노랠 들으며

당신을 그리워하지 않았으면 합니다

하지만 아무도 이곳을 찾지 않는 밤이 오면

시간은 기어이 벚꽃잎을 떨어뜨리고 말겠죠

떨어져 차갑게 식어버릴 벚꽃잎도

결국 봄의 한 페이지로 기억되듯이

다시 돌아오지 않을 이 시간을

저는 사랑이란 이름으로 간직할 겁니다

괜찮아

(

커다란 용기가 필요했던 내 진심이
너무나 쉽게 거절당한 날

가슴이 저며와 새벽까지
잠에 들 수가 없었다.

괴로워하는 가슴에 손을 얹고
토닥이며 말해주었다.

"괜찮아. 잘했어. 고생했다. 정말 괜찮아."

태어나 처음 나에게 건네보는 위로였고,
마음이 토해내는 진심의 언어였다.

그리고 더 이상 혼자만의 사랑으로
아프게 하지 않겠다는 약속의 말이기도 했다.

부끄러운 이야기지만, 그날 나는
어렸을 적 토닥임을 받으며 잠들던 그 순간처럼

나의 가슴을 내가 토닥이며
잠이 들었다.

어쩌면, 여기보다 더 나은 곳

심장이 심연으로 가라앉습니다. 오래 짝사랑해오던 사람에게 고백을 했거든요. 그 사람은 차갑게 돌아섰습니다. 그리고 멀어집니다. 더 이상 보이지 않는 곳까지.

차가워진 심장은 살려달라고 애원합니다. 나 좀 꺼내달라고 소리치네요.

집에 어떻게 도착했는지 기억이 나지 않습니다. 정신을 차려보니 거실 바닥에 쓰러져 있었네요. 거실에 쓰러진 채로, 그 사람의 웃는 모습을 떠올려 봅니다. 친구로 함께했던 모든 순간들을 떠올려 봅니다. 어제까지만 해도 모든 장면들은 행복을 말하고 있었는데, 이제는 그렇지 않습니다. 조용히 불그스름해진 두 눈을 감습니다.

어느새 창밖으로는 어둠이 가득합니다. 밤은 더 이상 밤이 아닙니다. 슬픔입니다. 그것은 곧 범람할 강물처럼 넘쳐흘러, 절망이라는 홍수를 일으킬 것 같습니다. 아무리 이불을 강하게 끌어안아도, 차오르는 눈물에 휩쓸려 갈 것 같습니다. 아무래도 저는, 오늘밤 절망 속에 잠길 것 같습니다.

꼭지가 부러진 수도관에서 슬픔이 쏟아져 나옵니다. 마땅히 머물 곳이 없어서 눈을 감습니다. 슬픔이 턱 끝까지 차올라서 과거 속으로 몸을 던집니다. 세상이 조금씩 그 빛을 잃어갑니다.

몇 시간이 흘렀는지 모르겠습니다. 눈이 저절로 떠졌거든요. 세상이 전부 조용한 걸 보니, 새벽인 듯합니다. 제 방안의 슬픔은 어느새 목 언저리까지 차올라 있는 듯합니다. 숨이 쉬어지지 않습니다. 힘겹게 머리를 내밀어 봅니다. 숨을 한 움큼 들이쉰 다음, 내쉬어 봅니다. 농축된 슬픔의 덩어리들이 폐 안쪽으로 밀려들었다가 이내 빠져나오지 못합니다. 꿈속으로 돌아가야 할 것 같습니다. 아무래도 저는 그래야 할 것 같습니다.

살면서 눈을 감는 게 더 행복하게 느껴지는 순간은 단 두 가지뿐입니다. 그날 하루를 알차게 보냈을 때, 그리고 다가오는 아침을 마주하고 싶지 않을 때지요. 눈을 감으면, 예쁘게 웃는 그 사람이 보입니다. 이곳이 현실이고, 저곳이 꿈이었으면 좋겠습니다. 그런 생각을 하면서 눈을 감으면, 저는 어느 때보다 해사한 얼굴이 됩니다.

출근을 알리는 휴대폰 알람 소리가 달콤했던 꿈에서 현실로 저의 머리칼을 잡아당깁니다. 꿈이 지었던 행복은 도로시의 집처럼 통째로 날아가버리고 맙니다. 꿈에서 머물렀던 시간만 쏙 빼고, 고통이 밤에서 아침으로 이어 붙습니다. 거칠게 알람을 껐습니다. 그리고 다시 꿈속으로 다가섭니다.

알고 있습니다. 단 한 사람이 제 곁을 떠났을 뿐입니다. 그마저도 사귄 적도 없는 사람입니다. 하지만 아픕니다. 너무나 아픕니다. 아침에 다시 눈을 뜨지 않는 게 더 나을 것 같다는 생각이 들 정도로 아픕니다. 고백으로 그녀를 잃고 싶지 않을 정도로 많이 좋아했습니다. 하지만 고백하지 않고 살아가기는 힘들었기에, 참았던 숨을 토해내듯 고백의 말을 하고야 말았습니다.

슬픔을 잔뜩 머금은 몸을 일으키며 주섬주섬 옷을 챙겨 입습니다. 출근 준비를 합니다. 아무래도 당분간은 가슴으로 사람을 대할 수 없을 것 같습니다. 그 누구와도 진심으로 웃으며 이야기를 나눌 수 없을 것 같습니다. 마음을 잃어버린 저는, 당분간 빈 껍데기인 채로 집과 회사를 오갈 테니까요.

하지만 제가 다시 정신을 차릴 때까지만, 그때까지만, 심연으로 가라앉은 제 마음이, 제 심장이, 잘 견뎌내 주었으면 좋겠습니다.

꼭 돌아갈 테니. 부디, 그래 주었으면 좋겠습니다.

문득 너의 향이

ℂ

너는 없는데
여전히 네가 있다

밤편지

누구도 담아본 적 없는
서투른 사람

사각사각 혼자서 좋아했고
쓱쓱 혼자서 아파했다

부담스러울 것 같다는 말에
겸연쩍게 등 뒤로 숨기는

밤새워 쓴
내 전부

너는 나의 세상이었다

(

저에게는 고등학교 시절 기억에 남는 친구가 없습니다. 그래서 그때 얘기만 나오면 일부러 화제를 돌립니다. 언제부턴가 그런 버릇이 저절로 생겨버렸습니다.

그 시절을 머릿속에 떠올리면, 설레는 가슴을 안고 교실로 들어서던 순간이 제일 먼저 그려져요. 교실에는 마흔 명 정도의 아이들이 있었는데, 뭔가 좀 이상했습니다. 남자들이 유난히 적었거든요. 저를 포함해서 다섯 명이 전부더라고요.

뭐랄까, 사춘기가 아직 끝나지 않은 저는 처음 만난 여학생들에게 말을 걸 용기 따윈 없었죠. 그런 제게 먼저 말을 걸어오는 여학생들도 없었습니다. 그래도 혼자 멍하니 교실에 있는 건 어쩐지 창피해서 여자애들과 친해지려고 나름대로 노력을 해보았습니다. 얼마 못 가서 스트레스성 트러블을 얼굴 가득 얻고 그 욕심을 완전히 내려놓았죠. 엎친 데 덮친 격으로 저를 뺀 네 명의 남학생들도 다른 반 친구들을 만나러 가기에 바빴습니다.

교실은 어느새 아이들의 웃음소리로 가득했습니다. 물론 제가 낄 곳은 없었고요. 쉬는 시간에는 아이들의 웃음소리가 듣기 싫어서 자주 이어폰을 꼈습니다. 그런데 이어폰으로도 해결할 수 없는 슬픔의 시간이 있더라고요.

점심시간. 점심시간이 그랬습니다. 본관 건물이 아니라 별관으로 향해야 했던, 전교생이 모인 그곳에서 홀로 밥을 먹는다는 건, 아직 사춘기가 끝나지 않은 저로서는 아무도 신경 쓰지 않는다고 해도, 견딜 수 없는 일이었습니다. 그런 연유로 저는 자주 끼니를 걸렀습니다. 미친 듯이 배가 고픈 날에는 빵 한 쪽을 들고 아무도 없는 화장실 칸에 들어갔습니다. 그러고도 시간이 남으면 아무도 없는 학교 근처의 아파트 단지를 걸었습니다. 울고 싶었지만, 그보다 더 나은 방법이 제 머릿속에는 떠오르지 않았습니다. 그때는요.

'운이 나쁘면 졸업할 때까지 이런 감정을 느끼며 살아야 한다.'라는 생각 때문이었을까요? 결국 저는 선택을 했어요. 그 지옥 같은 상황을 벗어나고 싶은 마음에 마지막 몸부림을 치기로 한거죠. 다소 염치없지만 다른 반의 아는 아이들을 찾아가기로 한 거예요. 그들에게 저의 이야기를 했습니다.

그날 이후로 저는 부리나케 그들의 반으로 달려가기 시작했어요. 그들과 함께 별관의 식당으로 가기 위해서. 가끔은 먼저 자처해서 간식을 사겠다고 하기도 했습니다. 지금 생각하면, 그렇게 행동했던 게 그들의 마음이 변해서 무참히 버려질까 하는 걱정 때문이었던 것 같아요. 그런 걱정을 한다는 것 자체가 이미 그들과 정상적인 친구 관계가 아니라는 방증이었지만, 아무래도 좋았습니다. 점심시간에 식당에 앉아서 친구들과 평범하게 밥을 먹을 수 있다면요.

그렇게 겉으로는 평온해 보이는 몇 주가 흐른 어느 날, 그날따라 선생님이 수업을 늦게 끝내주시더라고요. 다른 반보다 오 분 늦게 끝났습니다. 불안한 마음이 들었습니다.

'애들이 먼저 식당에 가지 않고 나를 기다리고 있을까?'

저는 불안한 마음으로 선생님이 나가시자마자 친구들이 있는 반으로 뛰어갔습니다. 저는 뛰면서 생각했습니다. 나를 기다리고 있을 거라고. 친구들의 교실 문을 열면 친구들이 "야. 왔냐? 얼른 밥 먹으러 가자."라고 말해줄 거라고 굳게 믿었던 것 같아요.

하지만 텅 빈 교실에는 아무도 없었습니다.

그날 저는, 제 안에서 외부 세상과 철저한 단절을 선언했습니다. 제가 힘겹게 내민 그 손을 놓아버린 그들에게 또 아부하면서 비굴한 모습으로 다가가고 싶지 않았으니까요. 그리고 '내게 닥친 이 고통을 무감각으로 버텨내리라.'하고 가슴 깊이 다짐했습니다.

지금도 그때를 떠올리면, 에리히 프롬의 《사랑의 기

술》이란 책에 나오는 한 구절이 떠오릅니다. "인간의 가
장 절실한 욕구는 분리 상태를 극복해 고독이란 감옥
을 떠나기 위한 욕구이다. 이 목적의 실현이 '절대적으
로' 실패할 때 광기가 생긴다. 우리는 외부세계로부터
철저하게 물러남으로써 분리감이 사라질 때에 고립의
공포를 극복할 수 있기 때문이다."* 저는 프롬이 말하는
그 무감각한 광기로 학교생활을 계속 이어갈 수 있었습
니다.

　저는 수험생이었지만 수험생이 아니었습니다. 집과
학교를 오가는 한 인간일 뿐이었죠.

　그러던 어느 날, 한 여자아이를 만났습니다. 저희 반
은 정기적으로 짝을 바꾸곤 했는데요. 우연히 그 아이
와 짝이 된 거예요. 그날, 그 아이는 웃으며 제게 말을
걸어왔습니다.

* 에리히 프롬, 황문수 역, 《사랑의 기술》, 문예출판사, 1976, 26쪽

"안녕! 너는 왜 항상 조용하게 혼자 지내니?"

"어?"

"뭐야… 괜찮으면, 나랑 빙고 게임 안 할래?"

저는 아무 대답도 하지 않았습니다. 아니, 할 수 없었습니다.

종종 그녀는 제게 말을 걸어 왔습니다만, 그간 말을 너무 안 해서 대화를 한다는 것 자체가 낯설게 느껴진 저는 어버버거릴 뿐이었습니다. 반에서 어떻게 보면 투명인간이었던 제게 관심을 가져주는 일이 고마워질 때쯤, 그 아이가 학교에서 제법 인기 있는 여학생이라는 걸 알게 되었습니다. 그 사실을 알게 되자 저절로 의아한 생각이 들더라고요. '아니, 부족한 것 없는 애가 왜 대체 나 같은 사람에게 관심을 갖는 걸까?' 그런 의문에도 시간은 착실하게 흘러갔습니다. 그리고 그 시간은 저에게 이런 말을 해주었습니다. '이 사람은 어떤 의도가 있어서 너에게 관심을 갖는 게 아니야.'라고요.

저는 시나브로 그 아이에게 빠져들었습니다. 그 아이의 관심이 좋았습니다. 그 아이와 이야기하는 게 좋았습니다. 무감각으로 무장했던 제 마음도 점점 가벼워지는 게 느껴졌습니다.

집으로 가는 방향이 같아 종종 같이 걸었습니다. 놀이터에서 이런저런 얘기를 하고 집에 들어가기도 했고요. '이 사람과 대화를, 웃음을, 마음을 나누는 것이, 이런 게 행복이구나. 이런 게 사는 거구나.'를 느낄 수 있었습니다. 당시 제 감정을 단 한마디로 표현해보라고 하면 저는 이렇게 말할 것 같습니다. '세상에 내 편이 하나도 없다고 하더라도 괜찮을 것 같은 느낌.'

헌데, 어째서 행복의 끝은 항상 아무런 예고도 없이 찾아오는 걸까요? 시간이 흐른다는 것은 정말이지 매정한 것 같습니다. 오지 않았으면 하고 간절히 바랐던, 짝을 바꾸는 날, 그날로 저를 데려다 놓았으니까요. 저는 이제 그 아이와 떨어져야 하는 순간 위에 서게 되었습니다. 저도 내성적이고, 그 아이도 내성적이었어요.

그래서 짝이 바뀌면 아마 두 사람의 관계도 파도가 훑고 지나간 모래성처럼 전부 끝날 것이라 생각했습니다.

"자, 여기에 표시한 대로 얼른 자리 바꿔."

그 말이 저에게는 이렇게 들리더라고요.

"거기 너. 이제 빛 한 줌 없는 독방으로 들어가."

심장이 두근거렸습니다. 누군가와 진심이 담긴 소통을 한다는 게 이렇게 소중한 것이었구나를 저는 알아버렸으니까요. 그 아이는 절벽 끝에 아슬아슬하게 버티고 서 있는 제 손을 유일하게 잡아준 사람이었습니다. 그래서 저는 결정했죠. 한 발, 더 가까이 다가가기로.

저는 마음이 시키는 대로 근처 시내로 나갔습니다. 그리고 꽃집에 들렀습니다. 장미꽃 한 다발을 샀죠. 그리고 근처 쥬얼리샵에서 작은 반지도 하나 샀습니다. 저는 장미와 반지를 들고 그 아이의 집 앞으로 갔습니다.

그리고 문자로 그녀를 불렀죠.

-지금 집 앞이야…. 잠깐 나올 수 있어?

그녀는 씻고 누웠다며 당황스러워했지만, 금세 편한 차림으로 집 앞으로 나왔습니다. 그리고 제가 준비한 꽃다발과 반지를 보고 깜짝 놀라 했죠. 저는 긴장되는 마음을 추스르며 이렇게 말했습니다. 좋아한다고. 나와 함께해줄 수 없냐고.

그녀는 오랫동안 말이 없더니, 고개를 떨구고는 이렇게 말했습니다.

"조금만, 조금만…. 생각할 시간을 주지 않겠어…?"

저는 덤덤하게 그러겠다고 말하고 집으로 돌아갔습니다.

일주일이 지났지만 아무런 연락도 오지 않았습니다.

학교에서 우연히 마주쳐도 모르는 척, 스쳐 지나갈 뿐
이었죠. 저는 스스로 최면을 걸었습니다. '기다리자. 기
다리자.' 그렇게 자신을 타이르다가도 '이대로 모든 게
다시 예전으로 돌아가면 어떡하지…' 하는 불안감에 금
세 서글퍼지곤 했습니다.

이 주쯤 흘렀을까요? 드디어 기다리고 기다리던 그
아이의 문자 메세지가 왔습니다. 거기에는 이렇게 쓰여
있었습니다.

–미안해…. 많이 생각해봤는데, 아무래도 사귀는 건
힘들 것 같아. 우린 수험생이잖아. 공부도 해야 되고….
그게 현실이니까…. 그냥 예전처럼 친구로 잘 지내면
안 될까? 응?

그 문자를 받고서 얼마나 울었는지 모릅니다. 한참을
울다가 그 아이가 보고 싶어졌습니다. 만나서 이야기를
들어보고 싶었습니다. 정말…. 정말 공부 때문인 건지.
아니면 혼자인 내가 부끄러워서 그런 건지. 속 시원하
게 듣고 싶다는 생각을 했습니다. 그때 당시 자존감이

낮았던 저는 '나와 사귀기가 부끄러운 걸까?'라고 생각 했던 것 같습니다. 누군가 저에게 '모르겠냐? 끝났잖아. 왜 이렇게 질척거려. 이 지질한 놈아'라고 욕을 한다고 해도 한 번이라도 좋으니 그녀를 만나 이야기를 해보고 싶었습니다.

다음 날 아침, 나와줄 때까지 집 앞에서 기다리겠다고 연락했습니다. 하염없이 기다리다 푸르렀던 하늘이 주황빛으로 물들 때쯤, 그 아이가 문을 밀고 나왔습니다. 그 아이는 저를 바라보더니 이렇게 말했습니다.

"현준아…. 미안해…."

그렇게 제 곁을 스쳐 지나갔습니다. 제게 한 번도 보여준 적 없던 슬픈 눈빛이었습니다.

저는 집으로 돌아왔습니다. 잠이 오지 않는 깜깜한 이불 속에서 넬의 〈마음을 잃다〉를 들었습니다. 울고 또 울었습니다.

'머리로는 그녀의 사정이 전부 이해가 된다. 하지만 답답한 가슴은, 먹먹한 가슴은, 도무지 진정시킬 수가 없구나…. 서로 좋아하는 감정을 가지고 있으면서도 만날 수가 없다니.' 슬픈 현실에 가슴이 미어지는 듯했습니다. 숱한 밤을 등을 말아 욱여넣은 채로 흘려보냈습니다.

몇 주가 흘렀습니다. 다시 이어폰 말고는 제게 말을 거는 이가 없는, 예전의 저로 돌아왔지만 어쩐지 그럭저럭 살만했습니다. 그녀가 알려준 감사한 사실 때문에요.

'사랑하는 한 사람만으로도 세상이 꽤 살만해져. 그러니 많은 사람에게 사랑받지 못한다고 너 자신을 자책하거나 슬퍼할 필요는 없어. 살아. 현준아. 살면서 그런 사람들을 찾아. 그거면 충분히 행복해질 수 있어.'

유난히 추웠던 겨울이 지났습니다. 따뜻한 봄의 기운이 물씬 풍기는 벤치 아래에서, 저는 그녀에게 두 번째 고백을 했습니다. 그런 저를 그녀는 눈물 가득히 안아주었고, 우리는 오랫동안 서로의 체온을 심장 가까운 곳에 가져다 놓았습니다.

누가 뭐라고 해도 저에게 고등학교 시절은 슬픔과 고독이 많은 페이지를 차지하고 있습니다. 그렇지만 마지막 장에는 저와 그녀의 아름다운 사랑 이야기가 적혀 있습니다. 펼쳐보기 두렵고 피하고만 싶은 시간 속에도 우리가 함께한 그 페이지를 떠올리며 저는 계속 제 인생을 적어낼 힘을 얻곤 합니다.

그렇습니다. 여전히 저와 당신이 쓰고 있는 인생이라는 소설은 끝나지 않았습니다. 지금 내 모습이 너무 지질해 보이고, 우울해 보일 수도 있겠지만, 그건 지나가는 과정일 뿐입니다. 우리의 다음 장은 아직 적히지 않았습니다. 지나온 과정들에서 얻은 깨달음들로 앞으로의 소중한 것들을 페이지 가득 채워 나가면 됩니다. 그렇게 앞으로의 페이지를 소중한 순간으로, 소중한 사람으로 채워가면 됩니다. 이런 마음으로 세상을 살아간다면, 비록 많이 부끄럽고, 많이 힘들지라도 다음을 살아낼 용기를 가질 수 있을 겁니다. 앞으로의 삶을 그려낼 충분한 의미도 찾아낼 수 있을 겁니다. 당신과 저는, 충분히 그리 할 수 있을 겁니다.

발길을 서성일 때
별빛이 되어준 이야기

chapter 04

당신에게 꽃송이를

(

'인생에서 겨울이, 끝나지 않을 것만 같다.'

문득, 아니 꽤 자주 이런 상념에 빠지곤 합니다. 지금 느끼고 있는 이 아픔이, 이 고통이, 이 슬픔이 영원히 끝나지 않을 것만 같은 기분. 그 생각은 마치 한겨울 얼어붙은 개울물처럼 쉬이 떠내려갈 줄을 모릅니다.

그러다 한순간, 제가 반드시 기억하고 놓지 말아야 할 생각이 불현듯 떠오릅니다. 아무리 추운 겨울이라도, 겨울이 지나면 봄은 반드시 온다는 사실말입니다.

그런데 고통이 지나면 평온은 반드시 오는 것일까요?

사실, 의문이 듭니다. 아직은 잘 모르겠습니다.

종종 우리는 계절의 자연스러움을 우리 삶으로 가져오기를 힘들어합니다. 당연한 자연의 섭리를 우리 인생에서는 당연하지 않은 것으로 받아들이곤 하는 것이죠. 세상에 변하지 않는 게 없다지만, 나를 둘러싼 차갑게 얼어붙은 냉기는 도무지 녹아내릴 생각이 없어 보이니 말입니다. 추위와 어둠뿐인 저의 세계에서, 새싹이 나고 꽃이 만개하는 봄은 너무도 먼 이야기처럼 느껴집니다.

어느 날 온라인 서점 인터뷰에서 도연 스님이란 분을 알게 되었습니다. 그는 물리학도를 꿈꾸며 카이스트에 입학했으나 진정한 자신다움을 찾기 위해 출가한 뒤, 삶이 힘든 이들에게 지혜를 전하고 있다고 했습니다. 도연 스님은 저서 《내 마음에 글로 붙이는 반창고》에서 이렇게 말합니다.

"눈에 보이는 것이 전부가 아닙니다. 땅속의 뿌리는 힘을 축적하고, 때를 기다리고 있습니다. 지난날의 부족함을 성찰하며, 봄의 소리에 귀 기울이고 있습니다. 자연이 이러하듯이, 우리 삶도 그러합니다.

눈 앞에 펼쳐진 죽음의 형상에 사로잡혀 비통한 심정

으로 침울해 있기에는 시간이 너무 아깝습니다. 소멸하고 다시 태어난다는 사실을 깨닫고 새로운 탄생을 준비해야 합니다."*

누구도 거스를 수 없는 죽음과 삶, 소멸과 탄생, 계절의 흐름처럼,

끝나지 않을 것 같은 고통의 시간도 소멸하고 새로운 시간은 다가온다는 것입니다.

믿어보고 싶습니다. 그 말을.

아무리 죽을 것 같은 힘듦도 영원히 계속되지는 않는다는 자연의 섭리를.

그리고는 언젠가 행복과 여유가 오는 것을 내가 막을 수 없음을.

저 자신에게 주문을 외워봅니다. 이렇게 믿어 보는 건 어떨까라고.

* 도연, 《내 마음에 글로 붙이는 반창고》, 스노우폭스북스, 2022, 202쪽

'지금 앙상한 가지만 남은 이 자리에 벚꽃이 피고, 개나리가 필 그런 봄이 언젠간 찾아오는 것이라면, 버틸 수 있다. 웃으며 살아갈 수 있다. 지금 고통스럽다고 해서 더는 쉽게 희망의 끈을 놓지 않을 것이다. 나를 자책하고, 미워하지 않을 것이다. 대신에 새로운 씨앗을 심을 준비를 하며 따듯하게 다가올 봄날을 기다릴 것이다.'

다시 한번 그의 책의 마지막 말을 되새기며, 차분하게 눈 감아 봅니다.

"당신의 인생에 겨울이 깊어지면, 봄이 찾아옵니다."

멀리서 봄이,

봄이 오는 것 같았습니다.

봄에 피는 메리골드의 꽃말은

'반드시 오고야 말 행복'이래요.

그렇게 말해주고 싶다

애꿎은 전화기만 들었다가 놓기를
벌써 수십 번째

부담일까,
망설여지는 것이다

오늘따라 유독 밝은 척을 했던 당신

꺼두지 못한 침실 불빛 아래
흔들리고 있을 당신의 가는 어깨가 그려진다

밤에 기대어 울고 있을 당신에게
4월의 봄 향기처럼 천천히 다가가 말해주고 싶다

당신은 그 누구보다 눈부셨다고
당신은 그 누구보다 잘 해내었다고

이토록 애쓴 당신에게
온 마음 다해 말해주고 싶다

슬프고 먹먹한 시간을 참 수고했다고
당신은 다시 행복을 걸어갈 수 있다고

눈을 바라보며 손을 잡아주며
그렇게 말해주고 싶다

마음이 원하는 길

(

"발음이 완전 엉망이네요. 이런 콘텐츠 하실 거면 발음
연습부터 다시 하고 하세요. 도저히 못 들어주겠네요.
20분 듣고 껐습니다. 겉멋만 잔뜩 들었네요. 진짜 최악
입니다."

언젠가 유튜브에서 이런 댓글을 받은 적이 있습니다.
제 영상을 좋아해주시는 분들도 많기 때문에 종종 이런
댓글을 받게 되더라도 웃으며 넘기는 편입니다. 하지만
그날 아침 궁서체의 느낌으로 쓰인 그 댓글이 제 마음
을 복잡하게 만들었습니다.

잠이 덜 깬 눈으로 멍하니 그 댓글을 보다가, 이내 머리를 흔들고 서둘러 출근 준비를 했습니다. 그러나 일을 하는 중에도 그 사람의 댓글은 하나의 목소리가 되어 제 머리를 어지럽히더라고요. '신경 쓰지 말아야지. 신경 쓰지 말아야지.' 하면 할수록 머릿속은 더 그 생각으로 가득 찼습니다. 우습게도 한번 그런 생각이 들자, 그동안 웃어넘겼던 누군가의 말투 지적이나 발음 지적, 그리고 목소리를 지적하는 댓글들이 전부 떠오르기 시작했습니다. 그리고 저를 의심하기 시작했죠. '내가 정말 북튜버를 할 자질이 있긴 한 걸까?' 하면서요. 객관적으로 보면, 힘을 주고 응원을 보내주시는 분이 구십구 퍼센트라면 그런 댓글은 정말이지 일 퍼센트에도 못 미쳤는데 말이죠.

걱정은 그날 퇴근 후에도 사라지지 않았습니다. 준비한 책을 낭독하려고 마이크 앞에 앉았는데 쉽게 목소리를 낼 수 없었으니까요. 책을 읽으려 하는데 '모두가 만족할 수 있게 잘 읽어야겠다.'라는 생각이 고개를 들었습니다. 겨우 토해내듯 몇 문장을 입 밖으로 꺼내보아도 몇 문장 읽지 못하고 틀리기를 반복했죠. 그러다 갑자기 이런 생각이 들었습니다.

'아…. 책 읽는 거, 재미없다.'

일 년 넘게 구독자님들과 하루의 안부를 나누고, 책을 소개하고, 일부 낭독하는 영상을 만들어왔습니다. 한데, '재미없다…'라는 기분을 느낀 날은 그날이 처음이었습니다. 심란한 마음에 귀에서 이어폰을 빼고, 의자에서 일어나 바닥에 몸을 뉘었습니다. 천장을 보며 저는 이런 생각을 했죠.

'모두가 만족할 수 있도록 책을 읽으려면, 도대체 어떻게 읽어야 하는 걸까?'

어떤 사람은 낮게 깔리는 잔잔한 목소리를 원했고, 또 어떤 사람은 귀에 정확히 들리는 경쾌한 목소리를 원했습니다. 또 어떤 이는 마음을 평온하게 해주는 하루 끝의 이불 같은 나긋한 분위기를 원했고, 또 어떤 이는 내

용을 온전히 품고 있는 또렷한 분위기를 원했습니다. 그렇습니다. 모두가 만족할 수 있도록 책을 읽으려면 낮게 깔린 맑은 목소리로, 재워줄 수도 있으며 동시에 전달력 있게 말해야 했습니다.

생각이 거기까지 미치자, 가슴속에 '확' 하고 형언할 수 없는 감정이 밀려왔습니다. 저는 책을 절대 그렇게 읽을 수 없습니다. 무엇보다 그런 건, 제 자신에게 '행복' 을 가져다주지 않죠. 제가 유튜브를 시작한 이유가 '저 처럼 밤에 잠이 오지 않는 사람들에게 차분해지는 마음 을 주기 위해서'이기도 하지만, 제 나름의 방식으로 책 을 읽는 일이 즐거웠기 때문입니다. 그랬기 때문에 일 년이 넘는 시간 동안 꾸준히 책을 읽어올 수 있었습니 다. 만약 저에게 책을 낭독하는 일이 그저 '활자를 틀리 지 않고 또박또박 낭독하는 일'이었다면 아마 저는 꾸 준하게 영상을 올리지 못했을 겁니다. 회사를 다니면서 일주일에 두 번씩 영상을 올리는 일은 스스로 행복하지 않으면 할 수 없는 일이니까요.

생각해보니, 그동안의 저는 남의 말에 휘둘리며 이리저리 경로를 바꾸는 사람이었습니다. 제 생각은 자주 무시했고, 남의 말에 큰 의미를 두면서 살아왔습니다. 그리고 나서 한발 늦게 '아…. 그때 내가 하고 싶은 대로 할걸….' 하며 자책하고 괴로워하곤 했죠.

다른 사람들이 '이렇게 하는 게 좋을 것 같아. 저렇게 하는 게 좋을 것 같아.'라고 하는 말을 들으면 꼭 그래야 할 것 같았습니다. 제 생각이 오답처럼 느껴져서요. 한데 어쩌면 오답이라고 여겼던 제 생각이 오답이 아닐지도 모르겠다는 생각이 듭니다. 즐거워서 시작한 제 영상을 46만 명이라는 많은 사람들이 구독해주고 계시니까요. 저도 저를 조금 믿어도 될 것 같습니다.

비로소 모든 게 명쾌해졌습니다. 모든 사람의 마음에 들지 못한 점은 안타깝지만, 그렇다고 내가 아닌 타인이 바라는 내가 되는 방향으로 저를 계속 몰아가고 싶지는 않습니다. 내 마음이 그 방향으로 가는 걸 원하지 않을뿐더러, 그러한 노력을 계속 유지할 수도 없다는 걸 이제는 알기 때문입니다.

앞으로는 마음이 좋아하는 길을 의식적으로 걷기로 했습니다. 다른 사람의 말에 갈대처럼 이리저리 흔들리지 않는 내가 되기로 했습니다. 스스로 마음에 다정히 귀를 기울일 줄 아는, 타인을 존중하는 것처럼 나 자신도 존중할 줄 아는, 그런 사람이 되기로 했습니다.

별에게

잠이 오지 않는 밤이 아파서
책을 들었다.

나 같은 사람이 또 있지 않을까 해서
책을 들었다.

누군가에게 쉴 곳을 내어주고
나도 그곳에 누워 쉬고 싶었다.

그렇게 나는,
별을 닮은 사람들을 만났다.

밤하늘을 자세히 바라보면 보이는
별을 닮은 사람들이 있었다.

처음에는 그들을 나와 같은
외롭고 지치고 힘든 사람들이라 생각했다.

그러나 그들은 각자의 자리에서
빛을 발하고 있었다.

외롭지만 이렇게 잘 쉬고 있다고.
아프지만 이렇게 잘 자고 있다고.
불안하지만 이렇게 잘 살고 있다고.

그러니 너도 나처럼

잘 쉬었으면 좋겠다고.

잘 잤으면 좋겠다고.

잘 살았으면 좋겠다고.

그렇게 빛을 발하고 있었다.

그것은 서로에게

희망을 노래하는 빛이었다.

별은 결코 외로운 혼자가 아니다.

우린 열심히. 밝게. 함께. 빛난다.

편안함을 유지하기 위하여

저는 정적인 사람입니다. 몸을 쓰며 활동적으로 일하는 것보다 앉아서 여유롭게 일하는 것이 좋습니다. 심장이 터질듯한 운동보다는 늦은 오후의 카페에서 고즈넉한 풍경을 바라보는 것이 좋습니다. 시끄러운 클럽 음악보다는 서점에서 조용히 흘러나오는 들릴 듯 말 듯 한 피아노 소리를 듣는 게 좋습니다. 자리에 앉아 일을 하면, 카페에서 멍하니 창밖을 보고 있으면, 서점에서 잔잔한 피아노 소리를 듣고 있으면, 세상 그 누구보다 편안한 마음이 됩니다. 시나브로 움직임이 없는 고요 속에 침잠하게 됩니다.

언젠가부터 상황이 급변하기 시작했습니다. 평온했던 제 일상에 금이 가기 시작했습니다. 서른이 넘고부터는 예전처럼 회사나 카페에 앉아 컴퓨터 자판을 두드리는 일이 고되게 느껴졌습니다. 얼마 앉아 있지 않는데도 몸 이곳저곳이 쑤시고 아파오기도 했습니다. 피로감에 안절부절 못하는 순간이 늘어났습니다. 자연히 카페에 머무는 시간을 덜 갖게 되었습니다. 회사 일 또한 마찬가지였습니다. 평소와 같은 업무인데도, 일 년, 또일 년이 흐를수록 일이 점점 버겁게 느껴졌습니다. 문득 '언제까지 이렇게 아슬아슬하게 버텨낼 수 있을까?'라는 불안감이 몸을 휘감았습니다.

과학 저널리스트 캐럴라인 윌리엄스는 저서 《움직임의 뇌과학》에서 이렇게 말합니다. "우리 몸의 조직이 차뒷좌석에 앉은 아이들처럼 절대 입을 다물지 않기 때문이다. 몸은 뇌와 떠들면서 일이 어떻게 돌아가고 있는지를 끊임없이 언급한다."* 즉, 제 근골격계가 말을 할

---

* 캐럴라인 윌리엄스, 이영래 역, 《움직임의 뇌과학》, 2021, 갤리온, 74쪽

수 있다면, 저의 뇌에 대고 이렇게 소리치고 있을 거라는 애기였습니다. "제발! 이젠 나이가 먹어서 이런 편한 자세도 힘들어! 좀 움직여라 좀! 엉? 근력 좀 키워!"라고요.

그러면서 윌리엄스는 이렇게 덧붙였습니다. "우리 사회에서 불안과 우울증의 수준이 높아지는 것과 근력이 약한 사람의 비율이 증가하는 것 사이의 연관성이 의심되며, 우리가 느끼는 불안과 우울의 근거는 '소파와 슈퍼마켓을 통해 영위하는 편안한 삶을 위해' 우리가 지불하는 대가일 수도 있다."*라고요. 이 말은 정말이지, 정적인 생활을 즐기는 저를 가리키는 말 같았습니다.

요즘 제가 제일 많이 사용하는 앱은 '배달의 민족'이라는 앱입니다. 음식 배달을 대신 해주는 앱인데, 요즘은 배달의 민족이 편의점에서 파는 물건까지도 배달해 줍니다. 집 바로 앞에 편의점이 있음에도 불구하고 배달 앱을 켜는 저를 발견할 때, 가끔 '앗!' 하고 놀라곤 합

* 위의 책, 77쪽

니다. 더 늦기 전에 인정해야 할 것 같습니다. '몸을 움직이는 일은 근력을 강화시킨다. 근력이 강화되면 불안과 우울도 줄어든다.'라는 사실을 말이죠!

하버드 의과 대학교의 존 레이티, 에릭 헤이거먼은 저서 《운동화를 신은 뇌》에서 이렇게 말합니다. "운동하는 습관을 기르면 우울증에 걸릴 위험이 낮아진다. 2006년에 무려 19,288명의 쌍둥이와 그 가족들을 대상으로 한 네덜란드의 대형 실험에서는 운동을 하는 사람의 경우 불안감, 우울증, 신경증을 덜 느끼고, 사교적인 활동을 더 활발하게 한다는 결과가 나왔다. 1999년에 3,403명을 대상으로 한 핀란드의 연구에서는 일주일에 최소한 두세 번 이상 운동을 하는 사람은 운동을 덜 하거나 전혀 하지 않는 사람들에 비해서 우울증, 스트레스, 분노, 혹은 냉소적인 불신감을 느끼는 경우가 훨씬 적다는 결과가 나왔다."*라고요. 이를 통해 우리는 '주어진 편안함을 마음껏 즐기는 게 과연 이득이기만

* 존 레이티, 에릭 헤이거먼, 이상헌 역, 《운동화 신은 뇌》, 녹색지팡이, 2020, 163쪽

한 걸까?'라는 질문을 한 번쯤은 진지하게 던져야 할 겁니다.

《인스타 브레인》의 저자이자 정신과 전문의 안데르스 한센은 "우리의 뇌가 현재 사바나 초원에 살고 있다고 생각한다는 사실을 우리 스스로 '인지'하는 것은 매우 중요하다. '변하지 않는 우리 안의 뿌리 깊은 움직이고 싶은 욕구'를 그대로 이해할 수 있는 열쇠이기 때문이다. 이를 무시하고는 도무지 기분이 좋을 수가 없다."* 라고 말했습니다. 한센의 말대로 우리 인간은 꽤 오랜 기간 수렵 채집인이었습니다. 지금의 우리는 데스크 업무를 하고, 카페에서 차를 마시고 정적인 생활을 합니다. 하지만 이런 생활을 하게 된 것은 인류 역사를 전체로 놓고 보면 0.1퍼센트의 기간도 채 되지 않습니다.

우리는 반드시 움직여야 하는 존재입니다. 움직여야 역설적으로 안정된 마음을 가질 수 있는 존재이지요.

* 안데르스 한센, 김아영 역, 《인스타 브레인》, 동양북스, 2020, 11쪽

앞으로도 저는 더 오래 여유 있는 얼굴로 앉아서 일하고 싶습니다. 늦은 오후의 카페에서 즐기는 여유도 더 오랫동안 즐기고 싶습니다. 안온한 밤, 잔잔한 음악이 주는 여유를 지겨울 때까지 만끽하고 싶습니다. 그러기 위해서는 평소에 많이 움직여 놓아야 할 것입니다. 그것이 제가 매일 아침 팔굽혀 펴기를 하고, 스쿼트를 하고, 산책로를 걷는 이유입니다.

쉬운 질문부터

𝄔

지인 중에 운전을 잘한다고 자부하는 사람이 있습니다. 그는 종종 술자리에서 자신이 겪은 교통사고 이야기를 꺼내곤 합니다.

"나는 잘 달리고 있는데, 갑자기 그 차가 막 옆으로 오는 거야!"

그가 처음 사고에 대해 하소연을 할 때만 해도 저는 이야기에 같이 열을 올렸습니다. 하지만 그가 사고 소식을 전하는 날들이 늘어가고, 그와 함께 하는 자리는 언제나 '억울함'을 들어주는 자리가 되자, 이제는 그의 사고 이야기를 들어도 그냥 웃고 맙니다. 어쩐지 그의 잘못도 조금은 있는 것 같아서요.

심리학 용어 중에 자기 효능감(Self-efficacy)이란 단어가 있습니다. 자신이 어떤 일을 성공적으로 수행할 능력이 있다고 믿는 기대, 그리고 신념을 뜻하지요. 아마도 그는 자신이 운전을 잘한다고 믿는 마음을 지키고 싶어서 그런 식으로 자신을 변호하고 다니는 게 아닌가 싶습니다. 그런 식으로 한 번, 두 번 자신을 변호하다가 결국, 변명이 습관이 되어버린 걸지도 모르지요.

나날이 상처만 늘어가는 불쌍한 그의 차를 보고 있으면, 눈앞의 일을 왜곡하지 않고 있는 그대로 받아들이는 일이 인간의 성장에 있어 얼마나 중요한지 매번 실감하곤 합니다. 그리고 '나는 절대 저러지 말아야지…' 라는 생각을 하고, 하루를 마무리하지요.

하지만 다음 날 아침, 발을 헛디뎌 커피라도 쏟으면, 저는 어제의 그가 됩니다….

"아오! 여기에 왜 턱을 만들어 놓은 거야? 아오!"

그리고 종일 저기압인 채로 생활하지요. 부정적인 상황이 나의 일이 되는 순간, 사람은 상황을 제 3자 입장에서 보지 못하고 본능적으로 주변 탓부터 하게 되는 것 같습니다.

벌어진 일을 자신의 입맛대로 왜곡해서 받아들이는 저 같은 사람들은 보통 이렇게 말합니다.

"아이고~ 저것 때문에 이렇게 됐네. 저거만 아니었으면 이런 일은 없었을 텐데…."

"아, 나는 잘못 한 게 없어!"

반면, 아프지만 상황을 있는 그대로 받아들이려고 노력하는 사람은 이렇게 말하지요.

"아이고~ 상황은 이미 벌어졌고…. 그래. 이제 뭐부터 해야 하지?"

고려대학교 심리학부 허지원 교수는 자신의 저서《나도 아직 나를 모른다》에서 '탓하는 마음'을 붙들고 있는 사람들을 향해 이렇게 말했습니다.

"정말로 남 탓이라면 지금은 일단 내 힘을 키울 일이고, 누구 탓도 아니라면 내 꼬인 생각을 들여다봐야 하며, 내 탓이라면 그때부터 성장의 발판을 다시 조정해야 합니다."*

이는 안 좋은 일이 생겼을 때 아프더라도 현실을 받아들이고 다음 할 일을 하라는 뜻입니다. 안 좋은 일이 벌어졌을 때, 남 탓, 주변 탓, 내 탓을 하면서 이미 벌어진 일을 억울해하고 있을 일이 아니라, 상황을 객관적으로 따져보고 앞으로 어떤 행동을 취해야 할지 고민하

* 허지원, 《나도 아직 나를 모른다》, 김영사, 2020, 151쪽

는 편이 훨씬 내 성장에 이득이라는 말을 하는 거지요.

좋지 않은 일을 겪고 그 일을 계속 붙들고 있으면, '나는 가만히 있는데 주변에서 힘든 일만 자꾸 생긴다.'라는 억울함만 점점 강해집니다. 답이 적히지 않은 문제가 계속 남아 있는 셈이지요. 스스로 운전을 잘한다는 자만심에, 잦은 접촉 사고에서 어느 것도 배우지 못하는 제 친구처럼요.

"아, 제 잘못이 아니라요. 갑자기 일이 이렇게 저렇게 되는 바람에…."

이런 말을 한다고 해서 좋지 않은 상황이 갑자기 '짠!' 하고 변하지 않는다는 걸 우리는 너무나 잘 알고 있습니다. 그럼에도 본능적으로 '탓하는 마음'을 붙잡게 되지요. 물론 변명부터하고 싶은 마음을 내려놓는 일이 쉽지 않겠지만, '내일의 나를 위해서'라는 마음으로 이제부터는 조금씩 그 마음을 내려놓는 연습을 하는 게 어떨까 합니다.

그래서 일단, 안 좋은 상황이 벌어졌을 때, 쉬운 질문 하나부터 스스로에게 건네보는 건 어떨까요?

　"그래. 이제 뭐부터 해야 하지?"

누군가의 말 한마디

(

한번은 유튜브 오프닝 멘트에서 이런 말을 한 적이 있습니다.

"서점에 갔는데 '점원'이 제 옆 있는 사람에게 뭐라고 하더라."

그 영상을 올리고 난 다음 날, 천천히 구독자님들이 달아주신 댓글을 읽어 내려가고 있는데, 어떤 한 댓글을 보고 크게 당황하고 말았습니다.

"점원보다는 직원이라는 표현이 낫지 않을까요?"

순간, 저는 '점원'이란 단어가 제가 모르는 사이에 어떤 안 좋은 의미로 쓰이는 줄 알고 너무도 당혹스러웠습니다. 다급한 마음에 구글에서 '점원'을 검색했지요. 하지만 꽤 오랫동안 인터넷을 뒤져보았는데도, 그 어디에서도 '점원'이라는 단어를 안 좋은 의미로 사용하는 경우는 찾을 수 없었습니다. 그제야 긴장한 표정으로 인터넷을 뒤지던 제 모습이 민망해 웃음이 나더라고요.

우습게도 저는 이렇게 가끔 누군가 툭 던진 한마디 말에도 쉽게 흔들리곤 합니다. 이를테면, 딴에는 멋지단 생각이 들어서 샀던 옷도 누군가에게 "그 옷 좀 너랑 안 어울리는 것 같은데?"라는 말을 들으면, '아… 내가 옷을 보는 눈이 없나?' 하면서 흔들리곤 합니다. 또 중요한 약속이라 회식에 빠질 생각을 하고 있는데, 옆에서 직장 동료가 "저기… 회식에 빠지겠다는 건, 승진을 하지 않겠다는 뜻이래."라고 말하면, 조심스레 약속을 취소하기도 하지요.

그러나 조금만 생각해보면 알 수 있습니다. 누군가에게 그런 말을 듣자마자 흔들린다는 건, 그 사람의 말을

'한 사람의 의견'이 아닌, '하나의 사실'로 받아들이는 행위라는 걸요. 말 한마디에 흔들리려 할 때마다 저는 이렇게 자문해야 했습니다.

'이 사람의 말이 하나의 사실인가? 아니면 그저 한 사람의 의견일 뿐인가?'

그런 뒤, 그 말을 능동적인 태도로 검토해보는 거죠. 이 옷이 정말 나에게 어울리지 않는지 그 사람 말고도 다른 사람들에게 물어볼 수도 있습니다. 그리고 '회식에 빠지고도 승진한 사례'를 발품을 팔아 알아볼 수도 있고, 회식에 참석하지 않으면서 회사만 잘 다니는 선배의 의견을 물을 수도 있지요. 이렇듯 '상황을 수동적으로 바라보고, 걱정하느냐. 아니면 능동적으로 해결책을 찾고, 그 걱정에서 빠져나오느냐'는 오롯이 자신의 몫인 것 같습니다.

인간은 보통 자신이 알지 못하는 것에 두려움을 느낀다고 합니다. 그래서 자신이 모르는 것을 다른 사람이 이야기할 때 흔들리기 쉽지요. 그래서 16세기 영국 철학자 프랜시스 베이컨의 '아는 것이 힘이다.'라는 말이 수 세기가 지난 지금까지도 사람들 사이에서 회자되는 게 아닐까 합니다.

어쩌면 걱정에서 벗어나기 위해 우리에게 가장 필요한 태도는 '주도성'일지도 모르겠습니다. 주도성은 삶이 던지는 질문에 능동적으로 대하는 태도입니다. 미국의 경영 전문가 스티븐 코비는 자신의 저서 《성공하는 사람들의 7가지 습관》에서 이런 말을 했습니다. "주도적인 접근 방법은 '내면에서 외부로' 향하여 변화하는 방법이다. 즉 외부에 있는 것들을 긍정적으로 변화시키기 위해 우리 자신이 뭔가 달라져야 한다는 것이다."*

이는 '문제는 밖에 있지 않다. 내 영향력 안에 있다. 내가 문제를 해결할 수 있다.'라는 마음을 품자는 겁니다. 걱정에 수동적인 태도는 걱정을 걱정으로 계속 남겨두는 일이고, 능동적인 태도는 걱정을 덜어내려 노력하는

* 스티븐 코비, 김경섭 역, 《성공하는 사람들의 7가지 습관(개정판)》, 김영사, 2017, 127쪽

일입니다. 나아가 내가 가지고 있는 지식의 지평도 넓혀주지요. 걱정을 걱정의 형태로 계속 남겨둘 것인지, 아니면 평온한 마음과 지식으로 그 형태를 바꾸어 갈 것인지, 역시 선택은 자신의 몫이 아닐까 합니다.

열린 마음

(

"특별히 뛰어난 특기가 없다."라는 말은
"무엇이라도 될 수 있다."라는 뜻이기도 합니다.

반드시 '스페셜리스트'가 되어야 한다는
강박적인 생각을 내려놓기로 해요.

더 많은 일을 할 수 있고,
더 많이 이뤄낼 수 있을 겁니다.

닫힌 마음이 닫힌 생각을 불러오고,
열린 마음이 열린 행동들을 불러오는 법이니까요.

절대 해낼 수 없는 '일'

C

처음에는 단순한 이유였습니다. 평소 어머니가 일요일 점심 때만 되면 으레 틀어놓던 전국노래자랑. '거기에 내가 나오면 자랑스러워하실까? 아니면 부끄러워하실 까?' 하는 궁금증이 제가 이 일을 꾸미게 된 계기였죠.

"어머니, 다음 차례에 저 나와요."

아마 이 한마디를 한다면 곧장 그 답을 알 수 있겠죠? 즐거운 작당을 하듯 저는 우리 동네에 전국노래자랑이 열린다는 소식을 듣자마자 접수장을 집어 들었습니다.

두근대는 마음으로 참가신청서에 이름을 적어넣는 데, 주마등처럼 과거의 몇 장면이 스쳐 지나가더군요.

수학여행에서 온통 긴장해서 무대를 망친 일, 결혼식장에서 신랑보다 더 떨어 본의 아니게 웃음바다를 만든 일…….

평소에 노래 부르기를 좋아하고 실력도 남들에 비해 그렇게 떨어지지 않는다고 생각하지만, 이른바 '무대 울렁증'이 있어서 낭패를 본 적이 많았습니다. 하지만 그 이유만으로 포기하고 싶지는 않았습니다. TV에 자식이 단 한 번이라도 나오는 모습을 어머니께 보여드리고 싶었고, 한 번이라도 TV에 나가보고 싶은 내심의 소망도 품고 있었습니다. 마음을 단단히 먹고 예심이 열리는 안양아트센터로 발걸음을 옮겼습니다.

"눈 감으시면 무조건 탈락이에요. 절대로 눈 감지 마세요."

예선 참가자들에게 심사위원이 꺼낸 첫마디였습니다. 그 말을 듣자마자, 저는 시작하기도 전에 벌써 탈락을 당한 기분이 되었습니다. 왜냐하면, 제 특기가 '눈 감고 노래 부르기'였거든요. 하지만 여기까지 와서 그냥 되돌아갈 수는 없는 노릇이었습니다. '할 수 있어. 눈만 안 감으면 돼. 눈만.' 그렇게 저는 저를 격려했습니다.

예심이 시작되었습니다. 오백 명이 넘는 참가자 수에 한 번 놀라고, 가수도 울고 갈 안양시민들의 노래 실력에 두 번 놀랐습니다. '도대체 이 많은 고수들이 어디 숨어 있었던 걸까?' 하는 생각에 벌어진 입을 좀처럼 다물 수가 없었습니다. 가슴 어디선가 자신감이 뚝뚝 떨어지는 소리가 들리는 듯했습니다. 그들이 준비한 화려한 노래와 춤을 보고 있자니, 더 초조해져서 자리에 진득하니 앉아 있을 수도 없었습니다.

드디어 제 차례가 되었습니다. 바로 앞엔 심사위원들이, 관중석엔 응원 온 친지들이 무대에 선 저를 바라보고 있었습니다. 그들의 시선에 겨우 붙잡고 있던 정신은 이미 통제권을 벗어나버렸죠. '무대 울렁증'이 시작된겁니다.

"안녕하세요. 부림동에서 온 참가번호 30번 김현준입니다. 제가 부를 곡은 조용필의 〈여행을 떠나요〉입니다. 시작하겠습니다."

떨렸지만, 떨리지 않은 척하며, 첫 소절을 끄집어냈습니다.

"푸른 언덕에~"

"네, 수고하셨습니다. 다음 분."

다섯 글자. 제가 부른 부분은 딱 '다섯 글자'였습니다. 하지만 심사위원의 입에서는 "수고하셨습니다"라는 말이 나왔죠. 탈락자들에게 하는 말이었습니다. 수고하셨으니 집에 가시라. 뭐 그런 말입니다.

당황스러움이 몸을 휘감았습니다. 멍하게 돌처럼 굳었습니다만, 다음 사람이 무대로 나오는 모습을 보고 겨우 걸음을 옮겼습니다. 아무래도 눈을 감았던 모양입니다. 시작하기 전에 그렇게 '눈만은 절대 감지 말자'고 다짐하고 또 다짐했건만, 결국 버릇처럼 눈을 감아 버린 모양입니다.

허탈한 마음으로 집으로 향하는 버스에 올랐습니다. 얼굴이 붉어졌습니다. 버스 안에서 내내 머리를 쥐어뜯

으며 부끄러움에 몸서리쳤습니다. 뭉크의 '절규'에서 두 볼에 있는 손만 머리로 가져가면 그게 바로 제 모습이 었습니다.

시간이 흐르고 그날의 치욕(?)이 점차 희미해져 갈 때 쯤, 제 직장 안산에서 전국노래자랑이 열린다는 소식을 우연히 알게 되었습니다. 지난 아픔에 숨을 만도 한데, 저는 '어이없는 탈락을 설욕할 기회가 왔다. 두고 봐라!' 라는 생각으로 비장한 각오를 다지고 보름간의 특훈에 들어갔습니다. '절대 눈을 감는 일 따위는 없다!'라는 일 념으로, 매일 코인 노래방에 출석 도장을 찍었습니다.

예심 때 부를 곡을 고르기 위해서 지난 참가자들의 유튜브 영상도 찾아보았습니다. 그중 눈에 띄는 영상이 하나 있었습니다. 강산에의 〈거꾸로 강을 거슬러 오르 는 저 힘찬 연어들처럼〉을 불러서 최우수상을 탄 한 남 자였죠. 트로트를 부를 줄 모르는 제게 딱이라는 생각 이 들었습니다. '그래 이거다. 제 2의 연어 장인이 되어 보는 거다.'

어느덧 제 인생에 또 한 번, 전국노래자랑의 아침 해

가 밝았습니다. 예심장 안에는 사람들이 북적댔죠. 한번 경험해봤다고 벌써 낯 익은 풍경이었습니다. 제 순서는 오백 번째. 아침부터 저녁까지 긴장을 오롯이 짊어지고 있어야 했습니다. 태권도복을 입고 노래 부르는 참가자, 환갑이 훌쩍 넘은 나이에 김종서의 〈아름다운 구속〉을 부르시는 할아버지 등을 보고 머리가 조금 혼란스러워질 때 즈음, 제 차례가 왔습니다.

"음, 자기소개 해주세요."

"안녕하세요. 참가번호 500번입니다. 김현준입니다."

"네, 하세요."

"네, 네. 박수 한 번 같이 쳐주시겠어요!?"

호응을 유도할 것. 제가 찾은 1차 예선 필승법이었습니다. 유튜브로 예선 영상을 숱하게 보고 거기서 '관중들에게 호응을 유도했던 사람들은 잘 떨어지지 않더라'

라는, 나름의 분석을 통해 철저하게 준비한 행동이었죠. 생각보다는 작았지만 여기저기서 관중들의 박수 소리가 들려왔습니다. 박자에 맞춰 준비한 노래를 시작하려고 했죠.

"흐른 언덕… 읍."

그때 왜 갑자기 제 입에서 예전 안양 예심 때 준비했던 〈여행을 떠나요〉가 입 밖으로 나온 건지, 지금도 도무지 이해가 되지 않습니다. 제가 보름 동안 열심히 준비했던 노래는 분명 강산에의 〈거꾸로 강을 거슬러 오는 저 힘찬 연어들처럼〉이었는데 말이죠.

저는 필사적인 댐처럼, 입 밖으로 튀어나오려는 정체 모를 가사를 가까스로 막았습니다. 하지만 이미 머릿속은 고장 나 있었습니다. 망가진 컴퓨터처럼 망할 '흐' 빼고는 아무것도 나오지가 않았습니다.

"흐… 아…. 흐르… 흐… 하하하….”
"저기요. 진정하시고… 진정하시고, 무슨 노래 준비

해왔어요?"

"네…. 저 강산에의 〈거꾸로 강을 거슬러 오르는 저 힘찬 연어들처럼〉 준비해왔습니다…."

"예, 침착하고, 그거 하세요."

심사위원은 고장 난 제가 안쓰러웠는지 "수고하셨습니다." 대신에 "무슨 노래 준비해오셨어요?"란 말을 꺼냈습니다. 순간 저는 동아줄을 잡은 오누이처럼 정신의 끈을 꼭 붙들 수 있었습니다. 집에서 전국노래자랑을 보실 어머니도 떠올랐지요.

'그래, 내 앞에 있는 사람들은 생각하지 말자. 집에서 TV를 보고 있는 엄마한테 불러준다고 생각하고 부르자.'

신기하게도 갑자기 떨림이 잦아들었습니다. 노래를 시작했습니다. 관중들은 눈을 반짝거리며 제 노래를 경청해주었습니다. 그렇게 저는 다행히 무반주로 1절을 끝까지 부를 수 있었습니다.

"합격. 축하해요. 2차 예선 준비하세요."

드디어 기다리고 기다리던 '합격'이란 말을 들을 수 있었습니다. 처음에는 얼떨떨하다가 무대를 내려오는데 세상을 다 가진 것처럼 기뻤습니다. 장장 몇 년에 걸친 두 번의 도전 끝에 일궈낸, 벼랑 끝에서 일궈낸 저만의 1차 통과였으니까요. 눈물이 북받쳐 올랐습니다. 함께 자리해준 회사 동료들과 1차 통과의 기쁨을 나누며 맥주를 마셨습니다.

자정이 될 때 즈음 시작된 2차 예선에서 탈락하고 말았습니다. 기쁨에 취해 마셔댄 술 탓인지, 또다시 긴장한 탓인지 목이 쉬어 목소리가 제대로 나오지 않더라고요. 비록 그날 본선에는 가지 못했지만 오백여 명 중 서른 명 안에 든 그날의 제가 자랑스럽습니다.

지금도 가끔 당시 회사 동료들을 만나면 당시 제가 "흐… 흐… 흐…"거렸던 예심 영상을 틀고 놀려대곤 합니다. 웃기면서도 슬픈 이야기죠. 하지만 그 도전을 전혀 후회하거나 부끄럽게 여기지 않습니다. 그 두 번의 도전에서 동료들이 트는 동영상 같은 흑역사만 얻은 게 아니니까요. 얻은 소득이 상당합니다. 일례로 예전에는 노래방에서 차례가 돌아오면 심장이 두근거렸습니다. 그러나 이제 그 정도는 떨리는 축에 끼지도 못하죠. 제법 사람이 모인 결혼식 축가 정도는 불러줘야 '아, 이제 조금 떨리네'라고 여유를 부릴 수 있을 정도가 되었습니다.

무엇보다 제가 전국노래자랑 도전으로 얻은 가장 큰 소득은 어떤 일이든 계속 도전하다 보면 전보다 발전한다는 것을 정말로 믿게 되었다는 점입니다. 첫 도전에서는 눈을 감아버려서 바로 탈락했지만, 두 번째 도전은 조금 버벅거리긴 했어도 '무대 울렁증'을 극복하고 전국 노래자랑 예심 1차 통과를 할 수 있었습니다. 그리고 '한 사람을 위해 부른다는 생각으로 노랠 하면 떨리지 않는다'라는 나름의 노하우도 그날 얻게 된 자산이지요.

세상에 '어떤 이유' 때문에 '절대 해낼 수 없는 일'이란 건 없습니다. 저에게도 무대에만 서면 머리가 하얘지는 '무대 울렁증'이 있었지만 도전 끝에 1차 통과를 했습니다. 비록, 바라던 목표까지 닿지 못했지만, 목표 근처까지 가보는 경험을 한 것이죠. 이런 경험들이 하나둘 모여 무언가를 해낼 수 있다는 믿음이 생기는 게 아닐까 합니다. '근거 없는 자신감'이 '진짜 자신감'으로 변하는 과정인 거죠.

이제는 결과가 조금 부끄럽다 하더라도 나 자신을 크게 자책하지 말아야겠다는 생각을 합니다. 괜찮다고, 지금 너는 잘하고 있다고, 기특하다고. 나를 다독여야겠다는 생각을 합니다. 도전한 것만으로도 충분히 잘했고, 성장 중이라는 걸 경험으로 알았으니까요.

종종 창피함으로 얼굴이 발개지는 날들이 생기겠지만, 금세 저를 진심으로 다독여줄 수 있을 것 같습니다. 제가 무던히 견뎌낸 오늘이 '더 강한 내일의 나'를 만들어줄 걸 이제는 알고 있으니까요.

혼자가 편하다는 것

☾

지금 혼자가 편하다는 건
다시 용기 내기가 두렵다는 뜻

다시 용기 내기가 두렵다는 건
그동안 거절을 꽤 많이 당했다는 뜻

거절을 꽤 많이 당했다는 건
당신의 경험치가 그만큼 쌓였다는 뜻

경험치가 그만큼 쌓였다는 건

지금의 당신은 예전의 당신이 아니라는 뜻

지금의 당신이 예전의 당신이 아니라는 건

그때는 못 했던 것을 이제는 할 수 있다는 뜻입니다.

방의 마음

（

"와 이게 집이야?"

자취를 시작하면서 짜증 섞인 혼잣말이 늘었습니다. 제자리라곤 없는 옷가지, 식기를 늘어놓고 한창 음식을 먹다 자리만 뜬 듯한 식탁, 온갖 잡동사니가 걸려 있고 매달려 있고 쌓여 있는 자취방을 보고 있으면 절로 퀭한 얼굴이 되어 그렇게 중얼거리게 됩니다. 그리곤 '정말이지 세상에서 가장 빨리 더러워지는 곳이 있다면, 단연 여기일 거야…'라는 생각에 헛웃음을 짓게 됩니다.

부끄럽게도 가족과 함께 살던 시절에는 집 안의 청결 따위엔 전혀 관심이 없었습니다. 어머니께서 매일 아침 청소를 하셨기 때문인데요. 불효자인 저는 가끔 약속이 없는 주말에 방을 뒹굴다 어머니의 "화장실 청소 좀 도와라~"라는 외침에 귀찮은 표정으로 하는 시늉만 몇 번 한 게 다였습니다. 시간이 흐르고 자유를 꿈꾸며 독립을 선택한 저에게, 집 청소는 이제 오롯이 저의 몫이 되었지요.

혼자 살기 전에 자취는 '구속으로부터의 자유와 해방'이었는데, 막상 현실이 되니 자취는 청소와 빨래, 정리 정돈을 위한 생활 그 이상, 그 이하도 아니었습니다. 그러다 보니 치워도 치워도 더러워지는 자취방을 놓아버리게 되더라고요.

그러다 가끔 엄청나게 더러워진 자취방을 '인지'하면 치울 엄두가 나지 않아서 게임이나 넷플릭스로 피신하곤 했습니다. 그것도 지겨워지면, 사람들을 만나 술을 마시면서 더러운 집을 외면했지요. 하지만 제가 언제나 마지막에 도착하는 곳은 집. 제가 사는 집이었습니다. 전쟁터를 방불케 하는 자취방을 보고 있자니, 전에 잔소리처럼 여겼던 말 한마디가 떠올랐습니다.

"현준아. 이게 지금 네 정신 상태인 거야. 빨리 치워."

그때마다 "내가 알아서 할게."라고 짜증만 냈습니다. '방이 무슨 정신 상태야? 집이 더러워도 잘 살 사람들은 다 잘 살더라!'라고 생각했지요. 하지만 청소도구가 누구의 손에도 아닌 바로 내 손에 쥐어져야만 하는 현실을 마주하니, 방의 상태와 마음 상태가 서로 영향을 주고받는다는 게 배워지더군요.

당시엔 의식하진 못했지만 으레 새로운 각오를 다지면서 언제나 제가 먼저 한 일은 방 청소였습니다. 그러다 맥 빠지는 일이 연이어 일어나거나 안 좋은 일이 생길 때, 제일 먼저 손을 놓았던 것도 방 청소였지요.

종종 유튜브에서 발 디딜 곳 하나 없이 쓰레기로 가득 찬 일명 '쓰레기집'을 청소하는 청소 업체의 영상을 보곤 합니다. 그때마다 경악을 금치 못하고, 거기에 사는 사람들이 또래 직장인이라는 사실에 턱이 빠져 입을 다물지 못합니다.

'어디서부터 잘못된 걸까?'

스스로에게 던지는 이 질문은 빠르면 빠를수록 좋은 것 같습니다. 지금 당신의 마음이 저가 겪고 있는 고통을 '집을 난장판으로 만드는 방식'으로 표현하고 있는 걸지도 모르니까요.

그러니 방의 상태에, 마음의 소리 없는 목소리에 귀를 기울여보셨으면 합니다.

저 역시 지금은 그 누구보다 열심히 방 청소를 합니다. 정리정돈이 무너지면, 삶의 많은 부분이 무너져 내린다는 사실을 이제는 알고 있으니까요. 이제는 자취방도, 보이지 않는 불안도 잘 관리 할 수 있을 것만 같습니다.

생각에도 매듭이 필요해

(

매일 밤, 걱정의 끈을 매듭짓지 못해 잠 못 드는 당신에게
꼭 하나 해주고 싶은 말이 있습니다.

걱정의 매듭은 짓는 게 아니라, 지어지는 거라고요.

우리는 종종 지나간 일을 후회하느라,
다가올 미래를 걱정하느라
하얀 새벽이 와도 걱정의 끈을 놓지 못합니다.

낮 동안 참 많이 고생하고 애썼기에
누워서 쉬는 저 달처럼
조금은 차분해져도 괜찮을 텐데 말이지요.

오늘 더 완벽했으면 하는 후회도
내일 더 나아지고 싶은 욕심도

밤을 하얗게 물들임으로써 가능한 일이 아니라면
과감히 내려놓을 줄도 아는 것이
삶을 잘 살아가는 지혜일 겁니다.

그러나 뽑는 대로 끊임없이 풀려나오는 걱정의 끈을
말처럼 쉽게 매듭지을 수 있었다면,
그것은 처음부터 걱정이 아니었겠지요.

《인간관계론》과《자기관리론》으로 유명한
데일 카네기는 아무리 비상한 인간일지라도
한 번에 하나 이상은 생각할 수 없다고 했습니다.

새벽이 와도 매듭지을 수 없는 걱정 때문에
밤을 하얗게 지새우는 날이 늘어간다면
데일 카네기의 그 말을 우리의 삶에
적용해보는 건 어떨까 합니다.

우리는 한 번에 한 가지 생각밖에 하지 못한다는
그 말을 믿어보는 겁니다.
걱정의 끈을 매만지는 대신에
'밤을 닮은 다른 끈'을 붙잡아 보자는 거지요.

이를테면 산책의 끈을, 독서의 끈을, 명상의 끈을
붙잡아 봅시다.

매일 밤, 그렇게 '걱정의 끈'이 아닌 '다른 끈'을
매만지는 습관을 들인다면,
손길이 뜸해진 걱정의 끈은
곧 그 고유의 빛깔을 잃고 말 겁니다.

저는 이 년 전부터 불면의 밤이 찾아오면 걱정의 끈 대신
산책의 끈을 매만지는 습관을 들이고 있습니다.

마음껏 밤공기를 마시고, 주황 수면 등 아래 누우면
야속하게 깜빡이기만 했던 두 눈꺼풀이
스르륵 감겨옵니다.

그리곤 이 세상 어느 곳보다 편안한 나의 자리에 누워
어젯밤 읽던 책의 한 페이지를 슬며시 넘기면,
저절로 이런 생각을 하게 됩니다.

'혹시 걱정의 매듭은 짓는 게 아니라,
지어지는 게 아닐까?'

하여, 진심으로 바라봅니다.

당신의 기나긴 걱정의 끈도
시나브로 매듭지어지기를.

그리하여,
당신의 밤에 편안함의 끈이 풀려나오기를.
진심을 다해 바라봅니다.

힘들다고 말해도 돼요

（

힘든 일이 생기면 힘들다고 말해도 돼요.
아픈 일이 생기면 아프다고 울어도 되고요.

나를 한번 돌아보세요.

다른 이들은 당신에게 사소한 고민까지 잘 털어놓는데
당신은 힘들 때마다 울고 싶을 때마다
혼자 견디려고 하지 않나요?

마음 답답한 날에 혼자 걷는 밤하늘도 위로가 되겠지만
내 마음을 누군가에게 털어놓을 때,
위로를 받기도 합니다.

힘들면 힘들다고 이야기해도 돼요.

당신이 평소에 보살핀 크기만큼
당신의 아픔을 감싸줄 사람들이 많습니다.

당신의 한마디 말을
기다리고 있는 사람들이 많습니다.

그들이 당신의 걱정을 해결해줄 수는 없겠지만
그들에게 이야기하고 나면 한결 편안해질 거예요.

그러니, 힘들면 힘들다고 이야기해도 돼요.
당신은 그럴 자격이 충분히 있는 사람입니다.

긴 슬럼프를 겪고 깨달은 두 가지

(

지금은 어엿한 십 년 차 직장인이지만, 저도 한때는 불안감과 싸우며 취업을 준비하던 시절이 있었습니다. 그 기간을 삼 년으로 본다면 일 년 반은 누구보다 열심이었죠. 그러다 지나친 열정이 문제였는지 갑자기 입이 돌아가는 구완와사가 저에게 찾아왔습니다. 그 때문에 하던 공부를 잠시 멈출 수밖에 없었지요.

일그러진 얼굴을 치료하는 동안, 휴식을 취한다는 핑계로 매일 가던 도서관을 가지 않았습니다. 그러다 보니, 자연스레 온라인 게임에 손이 가더라고요. 그렇게 하루, 이틀 시간을 보냈고, 어느새 게임을 하는 일이 저의 새로운 습관이 되어버렸습니다.

조금씩 답답해지는 마음은 우선 펜이라도 잡으라고

말하는데, 어느새 제 몸은 게임 쪽으로 등을 돌려서는 꿈쩍도 하지 않았습니다. 머리 쓰는 일은 이제 더 이상 하기 싫다고. 더 이상 입이 돌아갈 정도로 아프게 노력하기 싫다고. 대충 살자고. 그렇게 번아웃에 빠진 저의 몸은 저에게 항거하고 있었습니다.

어느새 저는 새벽까지 게임만 하는 폐인이 되어 있었습니다. 게임을 하다가 지치면 불을 끄고 이불을 뒤집어쓰는 게 일과였죠. 저는 42.195킬로미터를 달려야 하는 마라톤에서 절반을 달리는 동안 모든 체력을 다 써버린 마라토너였습니다.

캄캄한 이불 속에서 '그래. 내일부터는 다시 천천히 해보는 거야.'라는 공허한 약속을 한 후에야 겨우 잠에 들 수 있었습니다. 한데, 어디 그런 감성 젖은 약속이 쉽게 지켜지나요. 다음 날이면, 어둠 속의 결심은 어디론가 사라지고 없었습니다. 까마득히 놓아버린 취업 공부는 다시 시작할 엄두도 나지 않을 만큼 멀게만 느껴졌지요.

'아, 언제 다시 준비하고, 까먹은 거 언제 다시 외우고, 이걸 다 언제 해?'

공부에 암담함을 느끼는 저에게 온라인 게임은 정말이지 안성맞춤의 피난처였습니다. 매일이 이런 식이었지요. 낮에는 현실을 잠시 잊기 위해 온라인 게임. 그리고 밤에는 현실에 대한 후회와 앞날에 대한 걱정. 그런 매일의 반복이었습니다.

제 자신도 저를 어찌할 수 없던 그때, 깊은 수렁에서 저를 구해줬던 건 다름 아닌 '자격증 필기시험 원서 제출'이었습니다. 겨우 '원서 제출' 하나가 오랜 방황을 끝냈다니 믿어지지 않을지도 모르겠습니다만, 그것이 저를 구원했다는 건 분명한 사실입니다. 원서 제출이라는 사소한 행동 하나가 저의 몸을 다시 움직이게 했기 때문이지요. 불안을 조금 덜기 위해서 '원서라도 한번 내보지 뭐'라는 기분으로 했던 건데, 막상 제출하고 나니까, 마치 깨야 할 게임 퀘스트가 하나 생긴 것 같은 기분이 들어 열심히 공부하게 되었거든요.

시간이 흘러 자격증 필기시험 당일이 되었습니다. 시험장에 도착하니 제가 몸을 움직였다는 사실에 벌써 기분이 좋아졌습니다. 동네 편의점에 가는 것을 제외하면 달리 몸을 움직이지 않았던 제가 자격증 시험을 보러 밖으로 나오다니! 제 자신이 기특해졌지요. 남들이 들으면 웃을 이야기지만, 저는 그때 그랬습니다.

61점. 커트라인이 60점인데, 1점 차이로 합격을 했습니다. 정말 신이 돕기라도 한 걸까요? 저는 그때 난생처음 자격증 시험 합격이라는 걸 해보았습니다. 그 흔한 운전면허증도 없었거든요. 그런 저에게 '합격'은 새로운 의미로 다가왔습니다.

'내가 긍정적인 결과를 현실에서 이루어냈다.'

그 감정은 밤마다 마주하는 커다란 벽 앞에 탈진해 있었던 저에게 '할 수 있는 것부터 조금씩 하면, 다시 일어설 수 있겠다.'라는 자신감을 심어주기 충분한 것이었습니다. 저는 필기시험 합격을 발판 삼아, 다시 한 발 한 발 걸어가기로 했습니다. '무리하지 말고 아주 조금씩 내 방향을 긍정적인 쪽으로 틀어보자.' 하는 마음으로요.

필기시험 합격 통보를 받고, 다음 날 바로 실기 학원을 등록했습니다. 거기서 같은 분야로의 취업을 준비하는 친구들을 여럿 만나게 되었죠.

이렇게 저는 기나긴 슬럼프를 겪으면서, 깨달은 두 가지가 있습니다.

첫째는 이루고 싶은 목표를 성취하려면 '작은 성공을 추구하는 방식이 가장 저항이 적다.'는 사실이었지요. 불투명한 미래에 압도되어, 폐인처럼 게임에 몰두했던 저에게 '자격증 필기시험 원서접수'는 어찌 보면 '작은 성공'이었습니다. 앞으로 작은 한 발을 내딛는 일이었지요. 시험장에 제 두 발로 갔던 일도 무기력에 빠져 있던 당시의 저에게는 작은 성공이었습니다.

그러다 운 좋게 합격한 필기시험은 '현실에서 내가 무언가를 이루어냈다'라는 마음을 선물해주었습니다. 그렇게 조금씩 해나간 결과, 곧 실기시험도 합격할 수 있었고요. 눈에 보이는 현실적인 결과를 쌓으며 앞으로 나아가니, '아 지금 내가 걷는 방식이 적어도 틀리지는 않았구나.'라는 생각이 자연스럽게 들었습니다.

그 후로 지금까지 저는 작은 행동에도 '이건 작은 성공이야.'라고 의미를 부여하려 노력하는 편입니다. 그래야 계속할 마음이 생기거든요. 일종의 자기 암시인 셈이죠. 혹여나 작은 성공을 추구하다가 닿지 못하더라도 나 자신에게 이렇게 이야기할 수 있습니다.

'그래. 게임에서도 경험치가 쌓여야 레벨 업을 하잖아. 경험치를 쌓았다고 생각하자. 다음에는 레벨 업 하겠지. 뭐.'

스탠퍼드 대학교 행동설계연구소장 BJ 포그는 자신의 책 《습관의 디테일》에서 이런 말을 했습니다.

"사소한 행동은 멋있게 보이지 않을지 몰라도 실행하기 쉽고 지속 가능하다. 실제로 사람들이 이루고 싶은 삶의 변화는 대부분 중대하고 대담한 조치보다 작고 은밀한 행동을 통해 얻어진다."*

저는 극적이고 빠른 변화를 추구하다가 오버 페이스로 구완와사를 앓고서 완전히 무너져 내렸습니다. 하지만 '필기시험 원서접수'를 통해 작은 성공의 중요성을 깨닫게 되었죠. 그리고 작은 성취를 이뤄가는 과정에서 슬럼프에서 빠져나올 수 있었습니다.

제가 두 번째로 깨달은 사실은 '스스로를 과신하지 말자.'였습니다. 취업준비를 하면서 저의 머릿속엔 '함께'라는 단어는 없었습니다. 예를 들면, '왜 같이 모여서 스터디 같은 걸 하는 거지?'라고 생각했지요. 그런 자만심에 빠져 혼자 취업 준비를 하던 중 너무나도 쉽게 무너져내린 겁니다.

저는 작은 성공의 중요성을 깨닫고 실기학원에 다니면서, 그제야 사람들과 함께 앞으로 나가는 것의 중요

---

* BJ 포그, 김미정 역, 《습관의 디테일》, 흐름출판, 2021, 106쪽

성을 인지하기 시작했습니다. 목표가 같은 사람들과 함께 서로 힘이 되어주며 나아가는 것이 힘든 일을 쉽게 만든다는 사실을 그때 깨닫게 되었습니다. 만약 제가 슬럼프를 겪으면서도 계속 '혼자'를 고집했다면, 저는 아마 지금의 직장에 들어갈 수 없었거나, 입사가 훨씬 늦어졌을 겁니다. 운 좋게 자격증 하나를 취득했다 할지라도 몇 번의 큰 슬럼프를 더 겪었을지도 모르죠.

저는 이제 무언가 새로운 일을 시작할 일이 생기면, '목표를 향해 같이 달려갈 사람은 없을까?'를 제일 먼저 생각합니다. 그들에게서 무언가를 얻어내기 위해서가 아니라 함께 달릴 러닝메이트를 찾기 위해서이지요.

'빨리 가려면 혼자 가고, 멀리 가려면 같이 가라'는 옛말이 있습니다. 같은 목표를 추구하는 사람들과 함께 걷는다면, 조금 늦을지라도 목표에 더 가까이 다가갈 수 있을 겁니다.

돌이켜보면, 저는 밤새 게임을 하면서도 마음속으로는 변화를 갈망했었습니다. 다만 변화하는 방법을 몰랐을 뿐이지요. 밤이 되면 목표라는 커다란 '벽' 앞까지 갔다가 빈손으로 돌아오기를 반복했지요.

그때 우연히 '자격증 원서접수'라는 작은 널빤지를 커다란 벽 앞에 깔았는데 그 위에 올라서니 그 벽 너머가 살짝 보인 겁니다. 그때부터 벽을 보는 시각을 바꿀 수 있었죠. '아! 벽을 허물지 않아도 되는구나. 널빤지를 더 많이 깔아서 벽을 넘어가면 되는구나'라고요. 그때부터는 전혀 벽이 부담스럽지 않았어요. 널빤지를 하나씩 하나씩 가져와 벽 아래 깔기만 하면 됐으니까요. 그렇게 널빤지를 계속 깔다 보니, 같이 널빤지를 까는 사람들을 만나게 되었고, 서로 위로하고 격려하며 널빤지 까는 일을 계속할 수 있었습니다.

만약, 당신이 이루고 싶은 목표가 있다면, 그리고 그 목표를 가로막는 어떤 벽이 있다면, 부수려 하기보다는 벽 밑에 널빤지 하나 까는 것부터 시작해보는 건 어떨까 합니다. 동료들과 함께 부단히 널빤지를 하나 둘 깔다 보면 전에는 보이지 않았던 벽 너머가 눈앞에 보일 겁니다. 분명히 그렇게 될 겁니다.

"다음에 딛게 될 걸음, 쉬게 될 호흡, 다음에 하게 될 비질만 생각해야 하는 거야. 계속해서 바로 다음 일만 생각해야 하는 거야." 그러고는 다시 말을 멈추고 한참 동안 생각을 한 다음 이렇게 덧붙였다. "그러면 일을 하는 게 즐겁지. 그게 중요한 거야. 그러면 일을 잘해 낼 수 있어. 그래야 하는 거야."*

미하엘 엔데, 《모모》 중에서

* 미하엘 엔데, 한미희 역, 《모모》, 비룡소, 1999, 50쪽

그대, 잠든 그대로

오늘도 참 수고했어요.

방 불을 끈 당신의 밤이

더없이 포근하길.

늘 제자리에서 빛나는 별처럼

당신의 편에 있을게요.

잘 자요, 푹 자요.

사실은 내가 가장 듣고 싶던 말

초판 발행 2022년 10월 4일

지은이 따뜻한 목소리 현준
발행인 이종원
발행처 (주)도서출판 길벗
브랜드 더퀘스트
출판사 등록일 1990년 12월 24일
주소 서울시 마포구 월드컵로 10길 56(서교동)
대표전화 02) 332-0931 | 팩스 02) 332-0586 | 홈페이지 www.gilbut.co.kr
이메일 gilbut@gilbut.co.kr | 대량구매 및 납품문의 02) 330-9708

기획 및 책임편집 송혜선(sand43@gilbut.co.kr) | 제작 이준호, 손일순, 이진혁
마케팅 한준희, 김선영, 류효정, 이지현 | 영업관리 김명자, 심선숙 | 독자지원 윤정아, 최희창

디자인 ALL designgroup
CTP 출력 및 인쇄 예림인쇄 | 제본 예림바인딩

ISBN 979-11-6521-998-7 (03810) (길벗 도서번호 040192)
정가 15,800원